L'ANGE SUR LE TOIT

DU MÊME AUTEUR

Le Livre de la Jamaïque, Actes Sud, 1991.
Hamilton Stark, Actes Sud, 1992.
Affliction, Actes Sud, 1992 ; Babel n° 404, 1999.
De beaux lendemains, Actes Sud, Babel n° 294, 1994.
Histoire de réussir, Actes Sud, 1994.
Continents à la dérive, Actes Sud, Babel n° 94, 1994.
La Relation de mon emprisonnement, Actes Sud, 1995.
Sous le règne de Bone, Actes Sud, Babel n° 216, 1995.
Trailerpark, Actes Sud, Babel n° 348, 1996.
Patten à Patten, photographies d'Arturo Patten, Actes Sud, 1998.
Pourfendeur de nuages, Actes Sud, 1998.
Survivants, Actes Sud, 1999.

Titre original :
The Angel on the Roof
Editeur original :
HarperCollins Publishers, Inc., New York
© Russell Banks, 2000

© ACTES SUD, 2001
pour la traduction française
ISBN 2-7427-3847-9

Photographie de couverture :
© Elizabeth Lennard

RUSSELL BANKS

L'ANGE
SUR LE TOIT

nouvelles traduites de l'américain
par Pierre Furlan

pour C. T., la bien-aimée,
et à la mémoire d'Arturo Patten
(décédé en 1999) ainsi qu'à celle
d'Alex McIntyre (décédé en 1999)

EN GUISE D'INTRODUCTION

Tout ange est terrifiant.

RILKE,
Les Elégies de Duino.

Pendant des années, ma mère m'a raconté des histoires de son passé : je ne les ai pas crues, je les ai interprétées. Elle m'a dit qu'en 1933 elle avait été la vedette féminine du spectacle de dernière année, à Waltham High School, alors que Sonny Tufts tenait le premier rôle masculin. Elle affirmait qu'il l'avait invitée à la fête donnée pour la troupe, mais comme à ce moment-là elle était amoureuse de mon père, un des machinistes de la pièce, elle avait éconduit le garçon qui devait devenir un acteur de cinéma célèbre et elle s'était rendue à cette soirée au bras de celui qui allait devenir plombier dans le New Hampshire.

Elle m'a également raconté qu'elle connaissait les personnages principaux du roman de Grace Metalious, *Peyton Place*. La nuit même où, dans le livre, la fille avait assassiné son père, celle-ci était venue peu après à une fête de Noël donnée par mes parents dans leur maison de Barnstead, dans le New Hampshire. "La fille avait un comportement bizarre, a déclaré ma mère. Comme si elle avait pris de la drogue ou un truc comme ça. Et le garçon avec qui elle était, un des Golden, n'a rien fait que se soûler et déprimer, puis ils sont partis. Le lendemain, on a appris que la police avait trouvé le père de cette fille dans le tas de fumier.

— Le tas de fumier ?

— Elle l'y avait enterré. Et ton père m'a ordonné de me taire, de ne pas dire à âme qui vive qu'ils étaient à notre réveillon de Noël. C'est pour ça que notre fête n'apparaît pas dans le roman, ni d'ailleurs dans le film qui en a été tiré."

Elle maintient également, malgré mes démentis répétés, qu'elle m'a vu interviewé à la télévision par Dan Rather.

Ces trois anecdotes me sont revenues toutes ensemble un jour où, en fouillant dans un paquet de vieilles coupures de presse, je suis tombé sur la notice nécrologique de Sonny Tufts. Depuis que je suis adolescent, je lis deux quotidiens par jour, parfois même trois, et j'y découpe souvent un article qui m'a frappé pour une raison obscure et vite oubliée. D'habitude je fourre les coupures dans un tiroir de bureau et plus tard, généralement au bout de plusieurs années, je me retrouve à les relire et à en jeter la plupart. C'est un acte qui m'emplit d'une étrange tristesse, d'une sorte de sentiment de deuil pour ce moi que j'ai perdu, comme si je lisais et jetais de vieux journaux intimes.

J'avais gardé cette notice nécrologique parce que j'aimais cette forme de justice grossière perceptible dans l'histoire selon laquelle ma mère écartait Sonny Tufts, cet acteur de cinéma des années quarante qu'aujourd'hui presque tout le monde a oublié, pour lui préférer mon père. Elle a grandi, pauvre et belle, à Waltham, Massachusetts, ville ouvrière de Nouvelle-Angleterre. C'était la plus jeune des cinq enfants d'un horloger dont la femme était morte ("Elle s'est étouffée avec un os de côte de porc" – encore une de ses histoires) quand ma mère avait dix-neuf ans. Cette année-là, 1933, elle avait été invitée à l'Exposition universelle de Chicago pour participer à un concours de beauté, mais elle avait refusé. Elle prétend cependant que mon père y est allé et qu'il a joué de la clarinette dans une fanfare de la garde nationale. Son père à elle, dit-elle, l'avait obligée à rester à Waltham cet été-là pour vendre des robes dans le magasin *Grover Cronin* de Moody Street. Si sa mère n'était pas morte cette année-là, elle aurait pu aller à l'Exposition. "Et qui sait, ajoutait-elle en plaisantant, si ça se trouve, tu aurais été le fils de Miss Exposition universelle 1933 à Chicago." Voici la raison pour laquelle j'aimais les anecdotes de ma mère et pour laquelle je voulais qu'elles soient vraies : elle me faisait croire que ces histoires parlaient de moi.

A vrai dire, je ne connais pas grand-chose de la vie de ma mère avant 1940, l'année où je suis né et où j'ai commencé à engranger des matériaux pour mes propres histoires. Comme la plupart des gens, je n'ai pas accordé suffisamment d'attention aux récits qu'on m'a faits sur la vie et les incidents qui, dans ma famille, ont précédé l'extraordinaire événement de ma naissance. Il en va de même avec mes enfants. J'observe leurs yeux se voiler, leur attention dériver vers des projets secrets pour leur soirée ou leur week-end pendant que je montre du doigt l'appartement du premier étage de ce HLM de Perley Street, à Concord, dans le New Hampshire, où j'ai passé un moment particulièrement douloureux de mon enfance. Bientôt il sera trop tard, ai-je envie de dire. Bientôt il ne vous restera de moi que votre vague souvenir de mes histoires sur ma vie avant votre naissance.

La mort d'un père ou d'une mère est une chose terrible. Mais comme nos parents, d'ordinaire, ne font plus partie de notre vie quotidienne depuis des années, la plupart d'entre nous n'en ressentent plus le manque lorsqu'ils disparaissent. Quand mon père est mort, il ne m'a pas manqué, et pourtant je lui rendais visite toutes les six ou huit semaines, le dimanche matin, dans sa maison. Depuis une décennie, il ne faisait plus partie de ma vie quotidienne. Sa mort, cependant – et je ne m'y attendais pas –, a été pour moi une chose terrible et continue à l'être vingt ans après. Voici pourquoi, me semble-t-il : mon père, alcoolique cynique et déprimé depuis sa jeunesse, ne racontait pas d'histoires. Mais ce qui est triste à dire, c'est que s'il en avait raconté – sur son enfance en Nouvelle-Ecosse, sur la façon dont il avait évincé Sonny Tufts auprès de ma mère, sur l'Exposition universelle de Chicago où il avait joué de la clarinette – je n'aurais pas écouté. Nul doute que cynique comme il l'était, et désespérant de pouvoir être aimé de moi ou de quiconque, il s'en rendait compte. La seule histoire contée par mon père à laquelle j'aie prêté une oreille attentive, que j'ai visualisée et gravée dans ma mémoire, il me l'a dite quelques mois avant sa mort. C'est celle de comment il en est venu à me prénommer Russell. Bien évidemment, quand j'étais enfant je le lui avais demandé, mais il s'était contenté de hausser les épaules et de répondre que c'était un nom qui lui plaisait. Ma mère avait confirmé ce haussement d'épaules. Mais un dimanche matin, l'hiver qui a précédé sa mort, trois ans avant la date prévue pour qu'il prenne sa retraite et aille vivre dans une caravane en Floride, je me suis trouvé assis en face de lui dans sa cuisine, en train de le regarder vider des verres de whisky Canadian Club et de soda. Agitant alors un doigt devant ma figure, il m'a dit que je ne savais pas à qui je devais mon prénom.

"Je ne croyais pas le devoir à quelqu'un.

— Quand j'étais gosse, a-t-il dit, mes parents essayaient de se débarrasser de moi l'été. Ils m'envoyaient chez mon oncle Russell, là-haut, dans l'île du Cap-Breton. C'était un célibataire, une sorte d'ermite, et il dessoûlait rarement. Mais il jouait du crincrin, du violon. Et tu sais, Russell, il m'adorait. Oui, c'est vrai, il m'aimait. C'était un sacré bonhomme. Et puis, quand j'ai eu à peu près douze ans et que j'ai été assez grand pour passer l'été à travailler, mes parents m'ont gardé à Halifax. Et je n'ai jamais revu l'oncle Russell."

Il a fait une pause et bu une gorgée. Il portait son pyjama rayé, un peignoir pourpre, des pantoufles, et il fumait des Parliament l'une après l'autre. Sa femme (sa quatrième – ma mère avait été la première mais elle avait demandé le divorce quand j'avais treize ans à cause de son alcoolisme et de tout ce qui s'ensuivait) s'était dépêchée d'aller au marché dès que j'étais arrivé, comme si elle avait peur de le laisser sans quelqu'un dans la maison. "Il est mort quelques années plus tard, a déclaré mon père. Tombé dans une congère. Inconscient. Le pauvre con a gelé."

J'ai écouté cette histoire et je m'en souviens après toutes ces années parce que je croyais qu'elle parlait de *moi*, de mon prénom Russell. Mais mon père, bien sûr, l'a racontée parce que pendant un moment, par cette froide matinée de février, il a osé espérer qu'avec cette anecdote il amènerait son fils aîné à l'aimer. Son histoire était une prière, comme toutes les bonnes histoires, mais elle est restée sans réponse. Celui à qui s'adressait la prière – pas moi, mais un ange sur le toit – n'écoutait pas. En cet instant, en écrivant ceci, je l'aime pour son histoire, mais il est trop tard pour que ma déclaration puisse rendre l'un de nous deux heureux.

Après la disparition de mon père, j'ai demandé à sa sœur Edna des précisions sur ce pauvre vieil oncle Russell, l'ermite violoneux du Cap-Breton qui est mort gelé dans une congère. Elle m'a répondu qu'elle n'en avait jamais entendu parler. Comme c'était l'archiviste officieuse de la famille et qu'elle n'avait que quelques années de moins que mon père, ma tante Edna aurait forcément entendu parler de cet oncle, elle se serait rappelé comment mon père passait les étés quand il était enfant, elle aurait eu quelque connaissance de l'homme que mon père aimait au point d'en donner le prénom à son premier fils.

L'histoire, tout simplement, n'était pas vraie. Mon père l'avait inventée.

De même que l'anecdote de ma mère sur Sonny Tufts était fausse. Quand je suis tombé sur la notice nécrologique de Sonny Tufts dans le *Boston Globe* du 8 juin 1970 – notice rédigée par George Frazier, journaliste qui avait un faible pour les gens répertoriés dans le Bottin mondain – je me suis ressouvenu de ce que m'avait raconté ma mère et j'ai su pourquoi, il y avait de cela bien des années, j'avais découpé cet article après l'avoir parcouru rapidement et l'avais gardé dans l'idée de le relire ultérieurement. La notice était intitulée : "Disparition d'une Tête de mort", ce qui signifiait évidemment que Tufts était allé à l'université de Yale et qu'il avait été reçu dans le cercle des "Têtes de mort". Et je me suis dit que c'était une chose inhabituelle, à cette époque, pour un ancien du lycée de Waltham, d'aller à Yale et de faire partie des Têtes de mort. Au lieu de jeter la coupure de journal pour dix ans de plus dans le tiroir ou simplement dans la corbeille à papier, je l'ai lue d'un bout à l'autre, cette fois, comme si je cherchais une allusion au refus que lui aurait opposé ma mère après la soirée théâtrale de fin d'année. Mais ce que j'ai appris, c'est que Bowen Charlton Tufts III, héritier d'une vieille famille de banquiers de Boston, avait fait à l'institut Phillips Exeter, et non à Waltham High School, sa préparation pour Yale. Son lien le plus étroit avec la fille d'un horloger de Waltham, et donc avec moi, passait sans doute par la banque de son père qui possédait l'immeuble où l'horloger avait sa boutique.

De toute façon, je n'avais jamais cru cette histoire dans sa totalité, mais j'avais à présent la preuve que ma mère l'avait inventée d'un bout à l'autre. Exactement comme le fait que Dan Rather ne m'a jamais interviewé prouve que ma mère ne m'a jamais vu avec Dan Rather à la télévision dans son appartement de San Diego. Quant aux personnages de Grace Metalious dans *Peyton Place* et leur apparition à la soirée de Noël de mes parents à Barnstead, je n'y ai jamais cru non plus. Il est exact que *Peyton Place* est tiré d'un fait divers réel, le meurtre d'un père par sa fille à Gilmanton, dans le New Hampshire – village situé à une quarantaine de kilomètres de Barnstead –, mais au milieu des années quarante les gens ne faisaient pas quarante kilomètres en voiture sur de petites routes enneigées pour se rendre à une fête chez des inconnus.

C'est ce que j'ai répondu à ma mère. Elle venait juste de me dire qu'un jour, grâce à mon expérience d'enfant et d'adulte dans le New Hampshire, dans le Massachusetts, en Floride, aux Antilles et dans le Nord de l'Etat de New York, grâce aussi à mes voyages en Amérique du Sud, en Europe et en Afrique, je devrais être capable d'écrire un nouveau *Peyton Place*. Cette conversation a eu lieu il y a quelques années, alors que j'étais venu la voir à San Diego après un voyage d'affaires à Los Angeles. J'étais assis, plutôt mal, dans son studio. C'est une femme minuscule, on dirait une mésange, qui ne possède que peu d'objets – et tous paraissent miniaturisés pour aller avec son petit corps et avec les dimensions réduites de son logement, de sorte que chaque fois que je me rends chez elle je me sens énorme, balourd. Je baisse la voix et je me déplace avec précaution.

Elle repassait ses draps pendant que je restais assis sur son canapé-lit défait. Il n'était pas fait parce que je venais de retourner le matelas pour elle, une corvée qu'elle réservait à mon frère cadet ou à moi-même – les deux seules personnes de grande taille qui lui restaient – quand nous venions de l'Est lui rendre visite. "Mais nous *n'étions pas* des inconnus pour eux, a gazouillé ma mère. Ton père connaissait le fils Golden. Probablement un de ses copains de beuverie. En tout cas, c'est la raison pour laquelle ton père m'a interdit d'en parler à quiconque lorsque l'histoire est parue dans la presse, avec le meurtre, l'inceste et tout ça...

— L'*inceste* ? Quel inceste ?

— Tu sais bien, le père qui a été assassiné. C'est sa fille qui l'a tué et qui l'a enterré dans le tas de fumier parce qu'il couchait avec elle. Tu n'as pas lu le livre, Russell ?

— Non.

— Bon, ton père avait peur qu'on se retrouve impliqués. Alors je n'ai pas eu le droit d'en parler jusqu'à ce que le livre devienne un roman célèbre. Tu sais, quand je raconte aux gens, ici en Californie, que dans les années quarante, dans le New Hampshire, j'ai connu la fille qui a tué son père dans *Peyton Place*, ils sont stupéfaits ! Bon, ce n'est pas que je l'ai vraiment *connue*, mais tu me comprends…"

Il y a toujours quelqu'un de célèbre dans ses histoires, me suis-je dit. Dan Rather, Sonny Tufts, Grace Metalious. Elle veut que ses récits, même s'ils sont faux et ne concernent qu'elle, paraissent vrais et concernent ceux qui l'écoutent. Et elle s'est dit qu'elle y arriverait plus facilement en s'aidant de personnages célèbres. Quand les gens pensent qu'une histoire n'est pas vraie, que ce n'est que de la fiction et qu'elle ne parle pas d'eux, ils ne l'écoutent pas, ils l'interprètent. C'est ce que je faisais ce matin-là dans le studio de ma mère : je traitais son récit comme s'il pouvait me renseigner sur sa psychologie, ce qui me permettait de comparer la mienne à la sienne et de pousser un soupir de soulagement en constatant la différence. (Mes histoires n'ont pas de gens célèbres.) J'ai opéré de la même façon avec le violoniste ivre de mon père, mon oncle Russell. Lorsque j'ai su qu'il n'existait pas et que l'histoire, par conséquent, parlait non pas de moi mais de mon père et qu'en outre, ce qui est pire, elle était inventée, je l'ai rejetée en m'en servant comme d'un indice qui me permettrait de résoudre le puzzle de la terrible psychologie de mon père – espérant sans doute démêler du même coup l'écheveau de la mienne et la mettre à bonne distance de la sienne.

L'une des choses les plus difficiles à dire à quelqu'un est celle-ci : *j'espère que vous m'aimerez sans raison particulière*. C'est pourtant ce que nous voulons tous dire les uns aux autres – à nos enfants, à nos parents, à nos compagnons, à nos amis et à des inconnus – en ne l'osant que rarement. Peut-être même surtout à des inconnus qui n'ont ni de bonnes, ni de mauvaises raisons de nous aimer. C'est pour cela que nous échangeons des histoires en priant que cet ange sur le toit les transforme au cours de la narration, qu'elles deviennent crédibles et parlent de nous tous, qui que nous soyons les uns pour les autres. C'est assurément pour cela que ma mère sert ses histoires à qui veut bien l'écouter et que mon père m'a raconté comment j'ai reçu mon prénom. Et bien qu'il soit à présent trop tard pour que je lui donne ce qu'il s'est jadis risqué à me demander par un dimanche matin enneigé, le fait de me souvenir de son récit et de le rapporter ici me procure une compréhension plus féconde de la manière dont je raconte mes propres histoires. En me rappelant, comme si j'écrivais mes Mémoires, ce qu'ont évoqué pour moi les histoires des autres, ce qu'elles m'ont littéralement fait *venir à l'esprit*, j'ai appris comment mes propres histoires fonctionnent dans le monde, je les raconte à ma mère, à ma femme, à mes enfants, à mes amis ou, surtout, à des inconnus. Et, pour boucler la boucle, j'ai appris un peu mieux à écouter les histoires des autres.

Au moment où je quittais ma mère ce matin-là afin de revenir à Los Angeles en voiture et de là prendre l'avion pour le New Hampshire où vivaient mon frère, ma sœur et tous les petits-enfants de ma mère, et où ma mère avait vécu tout son passé à part les quelques dernières années, elle m'a raconté une nouvelle anecdote. Nous étions depuis quelques instants debout à l'ombre des palmiers qui faisaient entendre leur cliquetis dans le parking de son immeuble de verre et d'acier, lorsqu'elle m'a dit d'un ton soucieux : "Tu vois ce restaurant, *La Maison des Pancakes*, où tu m'as emmenée ce matin pour le petit déjeuner ?"

J'ai répondu oui, vérifié l'heure, et j'ai balancé ma valise sur le siège arrière de la voiture de location.

"Eh bien, j'y prends mon petit déjeuner tous les mercredis. C'est sur mon chemin quand je vais garder des enfants le mercredi, et cette semaine il s'y est passé quelque chose de curieux. J'étais assise toute seule au fond, là où il y a cette longue banquette en fer à cheval, et j'avais déjà à moitié fini mon petit déjeuner quand j'ai remarqué qu'au bout de la banquette était assis un homme. Il était à peu près de ton âge, jeune, mais sale et l'air minable. Surtout sale, alors j'ai détourné les yeux et j'ai continué à manger mes œufs et mon toast.

"Et puis j'ai vu qu'il me regardait comme s'il me connaissait et qu'il n'osait pas vraiment me parler. J'ai souri au cas où je le connaîtrais – je connais à peu près tout le monde dans le voisinage, maintenant. Mais c'était un inconnu. Et sale. On voyait qu'il buvait depuis des jours.

"Alors je lui ai fait un sourire et je lui ai dit : «Vous avez besoin d'aide, n'est-ce pas, monsieur ?» Il avait vraiment besoin de se raser, ses habits étaient dégoûtants, tout déchirés, ses cheveux en broussaille. Tu vois le genre. Il avait pourtant quelque chose de pathétique dans le regard qui me poussait à lui parler. Mais honnêtement, Russell, je ne pouvais pas. Non, je ne pouvais pas. Il était si… enfin, si sale.

"Bref, quand je lui ai adressé la parole, juste ces quelques mots, il a eu l'air d'émerger d'un brouillard et il s'est soudain redressé comme s'il avait peur que je me plaigne au personnel et que je le fasse jeter hors du restaurant. «Quoi ? C'est quoi que vous m'avez dit ?» a-t-il demandé. Sa voix était faible, mais il essayait de lui donner du volume, alors c'était sorti fort et comme cassé. «Rien, j'ai répondu, rien.» Je me suis détournée de lui, j'ai vite fini mon petit déjeuner et je suis partie.

"Cet après-midi-là, en revenant à pied de mon baby-sitting, je suis rentrée dans le restaurant pour voir s'il était là. Mais il n'y était pas. Le lendemain matin, jeudi, j'ai refait tout le chemin à pied pour voir s'il y était, bien que je ne prenne jamais mon petit déjeuner le jeudi à *La Maison des Pancakes*. Il n'y était toujours pas. Et hier, vendredi, j'y suis retournée une troisième fois. Mais il n'y était pas." Elle est tombée dans un silence méditatif en regardant ses mains.

"Est-ce qu'il y était ce matin, ai-je demandé en me disant que le sens de son histoire avait peut-être à voir avec quelque vague coïncidence.

— Non, a-t-elle dit. Mais je ne m'attendais plus qu'il y soit ce matin. J'avais déjà arrêté de le chercher hier.

— Oh. Et pourquoi tu m'as raconté tout ça, alors ? Ça parle de quoi ?

— De quoi ? J'en sais rien. De rien, sans doute. J'avais pitié de cet homme, voilà. Et comme j'ai eu peur, je me suis tue et je l'ai laissé seul." Elle étudiait toujours ses petites mains.

"De quoi est-ce que tu avais peur ?

— Tu sais bien. De paraître bête et naïve. De le mettre en colère contre moi.

— C'est tout à fait normal, ai-je dit en l'entourant de mes bras. Tout le monde a peur de ça."

Elle a mis son visage contre mon épaule. "Je sais, Russell, je sais. Et pourtant…"

DJINN

Il y a quelques années, avant que je me marie et prenne un poste dans une société dépourvue de succursale étrangère (avant que je rentre à la maison, en somme), j'étais employé par une entreprise de Hopewell, dans le New Jersey, laquelle appartenait à un consortium multinational dont le siège était à Amsterdam. Nous manufacturions et vendions des sandales caoutchoutées très mode pour femmes et enfants, et notre usine se trouvait à Gbandeh, la deuxième ville de la république démocratique du Katonga, nation de l'Ouest africain récemment dé-socialisée. Avec une superficie égale à celle du Vermont et une population à peine au-dessous de celle de l'Espagne*, le Katonga, durant cette époque encore régie par la guerre froide, était un pion capitaliste sur l'échiquier africain et recevait donc de vastes sommes sous forme d'aide américaine. Comme toujours, cette aide finançait une oligarchie de bandits en réseau familial qui envoyaient leurs enfants dans des écoles privées à l'étranger et sillonnaient le pays à bord de leurs

---

* L'Etat du Vermont a une superficie de 24 887 kilomètres carrés et l'Espagne compte environ quarante millions d'habitants. (N.d.T.)

armadas de Mercedes-Benz et de Land Rover. Grâce aux ingénieurs militaires et aux entrepreneurs américains, les routes avaient été pavées, les systèmes de fourniture d'électricité et de gaz étaient fiables, et l'aéroport de Gbandeh pouvait gérer le trafic aérien d'une ville de l'importance de Toronto, voire, si nécessaire, lancer une flotte de B-52 contre des cibles situées de la Libye aux Seychelles. Il y avait aussi l'inévitable police, indisciplinée mais bien armée, qui faisait régner l'ordre sur une population sans ressources, composée de paysans déplacés et très désireux de pouvoir assembler des articles de consommation occidentale pour quelques dollars par semaine.

Je ne présente pas d'excuses pour cet état de choses, et je ne le juge pas non plus. Pour moi, il s'agissait simplement de conditions de travail, comme d'ailleurs, pour nos cadres et nos ouvriers katongais. C'est l'histoire qui a créé les conditions, et, à l'instar de mes cohortes africaines, je me voyais comme rien de plus qu'un homme ordinaire avec un petit travail à accomplir, un travail qui ne saurait avoir aucun effet sur l'histoire, ni en bien ni en mal.

En tant que directeur nouvellement engagé du département "recherche et développement" de notre société, j'ai dû, assez tôt dans mes fonctions, visiter notre usine de montage de Gbandeh et faire connaissance avec les représentants et les cadres locaux de notre société. J'étais officiellement chargé de faciliter les communications futures entre la maison mère du New Jersey et sa succursale africaine, mais je devais surtout évaluer la capacité des Katongais à s'adapter aux exigences de notre force de vente, toujours en évolution rapide. Le style et les matériaux de nos produits étaient tributaires des caprices de femmes et d'enfants d'Amérique et d'Europe disposant de bons revenus et dont l'image était facilement manipulée par la publicité. Autrement dit, notre activité s'exerçait dans un domaine très concurrentiel. Notre personnel, tout notre personnel, de la fabrication et du montage jusqu'à la publicité et à la vente, devait être extrêmement adaptable : il nous fallait être à parts égales créatifs et réactifs. En Afrique, je me trouvais au carrefour des deux.

Dès le jour de mon arrivée, j'ai été fasciné par la nature de ma mission. Elle faisait de moi essentiellement un traducteur : pas un traducteur de langue – la langue officielle du Katonga, après tout, était l'anglais –, mais de coutumes et de procédures économiques. Mon but était de remplacer l'inefficacité, la corruption et l'indolence par la compétence, l'honnêteté et le sens du service. Pour cela, je devais trouver des moyens permettant aux Africains de s'adapter à nous et des moyens nous permettant de nous adapter à eux. Les deux côtés devaient changer. Pendant des années, mon prédécesseur s'était abstenu de cette difficile tâche, mais, par bonheur, j'ai tout de suite trouvé ce travail merveilleusement attirant et j'ai même commencé à souhaiter qu'il devienne permanent. Je n'avais pas le moindre désir de revenir au New Jersey dans un avenir immédiat.

Puis, alors que j'étais à Gbandeh depuis près de trois semaines, et qu'un soir, assez tôt, j'avais entrepris la promenade qui m'était déjà devenue habituelle autour du parc Binga (un parc hélas mal entretenu et nommé d'après Henry Binga, le héros national assassiné), les choses ont pris une tournure inattendue. Bordé par d'imposants palmiers royaux, le parc rectangulaire faisait face aux cinq bâtiments les plus importants de la ville : la succursale locale, en verre noir moderniste, de la Citibank ; le bunker de la police avec les fentes horizontales de ses fenêtres ; le croulant et néoclassique édifice abritant certains services municipaux ; le temple des francs-maçons, sorte de ziggourat en brique jaune ; et mon hôtel néobaroque, le *Gbandeh Grande*. A la fin de la journée, lorsque le soleil se couchait derrière les collines à l'ouest et que les ombres rafraîchissantes des immeubles et des palmiers royaux commençaient à s'allonger, il était agréable de faire le tour du square en saluant de la tête les gardes, les portiers, les marchands ambulants et les chauffeurs de taxi désœuvrés que je reconnaissais à présent de vue, et de terminer ma promenade dans un café tranquille situé dans une impasse étroite donnant sur le square, à un petit pâté de maisons à peine de mon hôtel. J'avais pris l'habitude de m'y asseoir seul à une table en terrasse et de boire deux bouteilles de Rhino, la bière nationale. Puis, en dînant, j'avais plaisir à regarder les habitants du quartier qui affluaient peu à peu dans le square, venant des immeubles bon marché du voisinage, des meublés et des hôtels surpeuplés où logeaient des ouvriers. Dans ces moments-là, même après seulement trois semaines, je me sentais presque chez moi en Afrique.

Depuis mon arrivée, j'avais passé la quasi-totalité de mes journées à l'usine de montage située à une douzaine de kilomètres du centre de Gbandeh. Notre usine était l'un des trois cubes de faible hauteur, en parpaings, construits dans ce qu'on avait appelé avec optimisme le parc industriel de Gbandeh et qui ressemblait moins à un parc qu'à un éternel chantier, une immense plaine battue par les vents, arrachée dix ans auparavant par le feu et les bulldozers à la forêt équatoriale humide. De petits camps de squatters poussaient comme une sorte de corail miteux sur les bords éloignés du parc : conglomérats de huttes en tôle ondulée, de conteneurs au rebut, et de voitures, camions et autobus abandonnés. Quelques-uns de nos ouvriers venaient de ces bidonvilles ; les autres vivaient à Gbandeh dans des conditions qui n'étaient guère meilleures. Ils avaient tous été jadis des agriculteurs produisant juste de quoi survivre, et ils avaient abandonné leur lopin à la campagne pour un travail en ville qui leur donnerait un salaire.

A l'intérieur de l'usine qui n'était pas climatisée, tout le monde, les cadres comme les ouvriers, étouffait de chaleur, et la poussière rouge de la plaine arasée passait sans relâche par les fenêtres ouvertes, couvrant d'une pellicule d'oxyde de fer poudreux les matériaux, les machines, les emballages et les gens, où qu'ils se trouvent, sur la chaîne de production comme derrière un bureau directorial. J'avais un chauffeur et une voiture à ma disposition ; aussi profitais-je de la moindre occasion pour filer à Gbandeh dans ma chambre d'hôtel climatisée où je prenais une douche, passais des vêtements propres, rédigeais mes rapports pour le siège. Puis, avant de sortir pour ma promenade de fin d'après-midi, je profitais brièvement du confort familier de la solitude pour me remettre de la compagnie envahissante et cacophonique des Katongais.

Je n'éprouvais pourtant nulle aversion pour les indigènes. En général, c'étaient des personnes correctes et intelligentes, agréables envers les étrangers et surtout envers les Américains. Mais ils témoignaient d'une sorte de fierté ethnique et nationale plutôt déconcertante. Elle s'étalait au mépris de leurs réalités sociales et politiques qui semblaient fort loin de pouvoir inspirer et justifier une fierté légitime – fort loin, disons, de ces réalités dont les Américains sont fiers : l'indépendance, le sens du travail, l'excellence culturelle et économique, et ainsi de suite. C'était peut-être seulement ce faux orgueil qui faisait paraître les Katongais bougons, bruyants et satisfaits d'eux-mêmes : une attitude défensive nourrie par une dépendance coloniale et postcoloniale vieille de plusieurs générations, avec son cortège de déracinement et de misère. Néanmoins je trouvais la chose irritante. Ils n'arrêtaient pas de donner du klaxon, pour ainsi dire, surtout devant les étrangers, et ils vantaient bruyamment l'expression la plus banale de leur caractère national et de leur culture – leur prédilection, par exemple, pour la chair rôtie du chimpanzé – comme s'il se fût agi de quelque chose ayant vocation à être universellement admiré et imité.

Les Katongais en général, et ceux de Gbandeh en particulier, se retrouvaient dehors la nuit quand il faisait enfin assez frais pour partager un long et abondant repas de riz aux haricots, de piments, de ce qu'ils appellent de la viande de brousse, et pour boire un alcool bon marché distillé à partir de vin de palme, tout en discutant politique et religion avant de danser et de faire l'amour. Tous les soirs, les habitants de Gbandeh, qu'ils fussent riches, pauvres, jeunes ou vieux, abandonnaient leurs vêtements de travail, lavaient leur peau devenue ocre-rouge et s'habillaient. Les hommes, sans chaussettes dans des tennis américaines, mettaient un pantalon habillé, sombre, aux plis bien repassés, une chemise blanche amidonnée de style cubain avec plusieurs poches poitrine. Les femmes portaient des talons hauts, de provocantes robes multicolores en rayonne, et elles tressaient avec beaucoup de soin leurs cheveux noirs et huilés avant de les façonner en forme d'ailes épaisses et de lames dressées. Puis ils se dirigeaient vers les cafés, les bars et les restaurants, si nombreux dans les rues et les venelles qui bordent le parc Binga.

J'avais bu la moitié de ma première Rhino, et j'attendais de voir émerger les gens du voisinage lorsque, levant les yeux, j'ai aperçu à quelque distance un être étrangement déformé qui passait le long du square. Sa silhouette se détachait avec netteté dans l'éclat jaunâtre des derniers rayons de soleil tombant sur le parc. Vêtu de quelques guenilles, pieds nus, crasseux, courbé comme un singe, il avançait plus par à-coups qu'il ne marchait. Soudain, il a jeté un œil dans ma direction, s'est redressé, et avec une démarche raide et lourde comme celle du monstre du Dr Frankenstein, il s'est écarté du square pour entrer dans l'impasse où, assis tout au fond à ce qui était devenu ma table habituelle, j'avais les yeux rivés sur lui.

C'était une rue étroite, un passage pavé pour piétons, à peine assez large pour une voiture. Les maisons de trois et quatre étages à structure de bois et dépourvues de peinture qui bordaient l'impasse dataient des premiers temps de l'ère coloniale. De part et d'autre de la ruelle, des balustrades inclinées et des balcons mal fixés à des portes-fenêtres munies de volets se touchaient presque au-dessus de nos têtes. Ces constructions avaient jadis abrité les antichambres et les bureaux des fonctionnaires et des administrateurs du pays colonisateur. A présent, ces hautes pièces poussiéreuses dépourvues d'éclairage servaient surtout à entreposer des classeurs vides, des bureaux à cylindre, des armoires vitrées et d'innombrables cartons remplis d'archives coloniales moisies et rongées par les souris. La seule activité commerciale de cette impasse se situait désormais au rez-de-chaussée où les nombreuses échoppes de réparation d'objets divers, les épiciers, les coiffeurs et les autres commerçants indigènes avaient fermé leurs persiennes métalliques jusqu'au lendemain. Mon café était le seul commerce encore ouvert, et, en cet instant, j'en étais l'unique client. Le barman et une serveuse traînaient quelque part à l'intérieur, flirtant ensemble et fumant des cigarettes américaines dans la pénombre.

Au moment où je m'étais assis, je m'étais senti très sociable, presque citoyen de la ville. Mais maintenant, avec cette étrange créature qui fonçait vers moi, je me trouvais soudain seul, isolé, et, pour la première fois depuis mon arrivée au Katonga, vulnérable. Même de loin je pouvais voir que cet homme n'était qu'un fou de plus, un individu sans âge, couvert de poussière, aux gestes mal coordonnés et qui n'arrêtait pas de marmonner. Un être tel que celui-là ne constituait pas un spectacle inhabituel dans les villes du Katonga où n'existait aucun asile pour malades mentaux, non plus d'ailleurs qu'aucune sorte de service psychiatrique, et où une grande partie de la population adulte souffrait encore des horreurs de la révolution des années soixante et de la guerre civile qui avait éclaté dix ans plus tard. Les milliers de jeunes hommes et de jeunes femmes qui avaient été rendus fous par la sauvagerie de ces guerres et qui avaient survécu se retrouvaient en général, lorsqu'ils atteignaient l'âge mûr voire la vieillesse, sans logis et alcooliques ou drogués. Mais ils n'étaient pas violents. On n'avait pas à les craindre. Ils semblaient avoir une place, une niche dans la communauté, comme dans une famille, et les gens les toléraient avec douceur et même s'occupaient d'eux.

Ce fou-là, bien que beaucoup plus grand et plus athlétique que ceux que j'avais vus, était typique. Ses cheveux et sa barbe étaient collés en mèches épaisses et négligées. A part un maillot de peau déchiré et un chiffon crasseux qui ne recouvrait pas tout à fait ses parties génitales, il était nu. Ce qui était inhabituel, en revanche, c'était la lumière qui a éclairé son visage quand il m'a aperçu : une lumière qui n'a pas arrêté de gagner en intensité à mesure qu'il s'approchait de ma table. Ses lourds sourcils étaient écarquillés et ses grands yeux brillaient tels des charbons ardents. Ses narines étaient élargies, comme excitées par un événement imminent, et il avait écarté les lèvres, découvrant ses dents en une grimace radieuse. Je n'avais encore jamais rencontré pareille expression. Il avait l'air d'un homme qui, après avoir recherché la sagesse pendant des années, vient de la découvrir il y a quelques secondes à peine ; et le simple, mais écrasant, plaisir d'avoir enfin trouvé la sagesse l'empêche pour l'instant de l'appliquer.

Il semblait diriger son regard droit sur moi – ce qui est compréhensible, je suppose, puisque j'étais la seule personne dans sa ligne de vision –, et cela me mettait terriblement mal à l'aise, comme si, pour une raison ou une autre, il croyait que c'était moi et non pas les guerres qui l'avais rendu fou. Quand il s'est approché de ma table et que, non content de river son visage au mien, il a aussi collé ses yeux aux miens, mon malaise a empiré. J'ai tenté de détourner le regard, mais j'en ai été incapable. J'ai cherché des pièces dans ma poche – un vieux réflexe quand je suis abordé par des fous ou des mendiants, et cela indépendamment de mon intention de leur donner de l'argent ou pas –, mais il a secoué sa tête massive en faisant tournoyer ses lourdes mèches comme des boas, et m'a signifié d'un index réprobateur qu'il ne voulait pas d'argent. Son visage et son expression m'étaient étrangement familiers, comme si nous étions de vieux amis, très changés, qui se retrouvaient à l'improviste après de nombreuses années, ou des cousins d'enfance qui, après s'être perdus de vue, se voyaient soudain réunis à l'âge adulte. Pourtant, il m'était bien évidemment tout à fait étranger. Nul n'aurait pu m'être plus étranger que cet Africain qui avait subi des choses que je ne pouvais même pas imaginer : des années d'une boucherie hallucinante, des pertes, des deuils et des douleurs au-delà de toute mesure, et, pour le restant de ses jours, la pauvreté et le malheur, l'impuissance et le ridicule, la charité et l'invisibilité. Malgré cela, d'une certaine façon, je le connaissais. Et il me connaissait.

Il s'est finalement arrêté devant moi en chancelant, et il est resté debout, là, avec toujours la même extase sur le visage. Il me dominait de toute sa hauteur instable, comme s'il était sur le point de me tomber sur le cou et de m'embrasser ou, au contraire, de me flanquer une furieuse raclée. Et pourtant, je ne pouvais toujours pas me détacher de son regard. J'avais peur de tourner les yeux ailleurs, de chercher à attirer l'attention du barman, par exemple, et de lui signaler d'une façon ou d'une autre qu'il devait venir m'aider, me libérer de la fascination de cet homme, l'écarter de moi, le réprimander, le chasser. C'était comme si ce fou m'avait jeté un sort, ou comme si j'étais dans un rêve et que je luttais en vain pour me réveiller.

A la fin, j'ai réussi à m'adresser à lui d'une voix craintive et chevrotante. "Qu'est-ce que vous voulez ? Qu'est-ce que vous me voulez ?"

A ces mots, le visage de l'homme a semblé rompre l'étau qui le fixait au mien – ou bien c'est moi qui ai rompu ce qui m'attachait au sien. Ses sourcils se sont baissés et la lumière derrière ses yeux a lentement diminué avant de s'éteindre. Sa bouche s'est décontractée. Il a passé une grosse langue rose sur ses lèvres gercées et il a porté ses poings à ses oreilles comme un bébé sur le point d'éclater en sanglots. D'une voix aiguë et grêle, une voix gênée de ténor, il a dit : "Je vous connais, vous, m'sieu, là ! Je vous connais ça fait longtemps. Vous êtes revenu avec nous pour rester, cette fois, m'sieu ?" a-t-il demandé avant de ricaner avec mépris.

Brusquement, il a repris sa démarche de singe et, d'un bond, il est reparti. Il a saisi un cendrier Cinzano en faïence sur la table d'à côté et l'a posé sur sa tête comme un chapeau de marin, jusqu'à ce que le barman, qui s'appelait Andrew, finisse par s'apercevoir de sa présence et arrive en courant de l'intérieur du café. Andrew était un jeune homme svelte, couleur de faon, avec une moustache dessinée au crayon et des lunettes cerclées de métal doré. En plus de s'occuper du bar, il gérait l'établissement. "Hé, Djinn !

a-t-il dit en riant. Rends-moi ça !" Il a tendu la main pour récupérer le cendrier.

Le fou a pris le cendrier sur sa tête et l'a fait passer lentement à Andrew qui lui a donné une pièce de vingt pence, comme s'il le payait.

"Va t'en, maintenant, a dit Andrew. N'embête pas le monsieur." Il a posé une main sur l'épaule de Djinn et l'a fait pivoter vers la direction d'où il était venu. Lentement, avec une tristesse inexplicable, le fou, toujours plié en deux et titubant d'un côté puis de l'autre, s'est éloigné. Je l'ai regardé, aussi incapable de détacher mes yeux de sa silhouette courbée qu'auparavant, lorsqu'il m'avait fasciné avec son visage extatique. Qui était-il, en réalité ? Et comment avait-il pu prendre un tel ascendant sur moi, même pour quelques secondes ?

Quand enfin il a disparu à l'angle de la rue, j'ai fait signe au barman pour lui demander l'addition.

"Vous ne voulez pas votre deuxième Rhino, monsieur ? m'a-t-il demandé. Et votre dîner, comme chaque soir ? On a une tarte indigène spéciale, à la viande et aux légumes, ce soir, monsieur, c'est un plat que les gens anglais ils adorent encore plus que tout le monde." Il avait peur de perdre un client régulier. Il m'a assuré que Djinn n'était qu'un fou inoffensif, que de toute façon il ne venait que rarement là à cette heure et que sans doute il ne reviendrait pas le lendemain, ni aucun autre jour jusqu'à la fin de mon séjour à Gbandeh. Lui, Andrew, s'en portait personnellement garant.

J'ai répondu que non, le dément ne m'avait pas gêné. J'avais eu une semaine difficile, ai-je expliqué, et j'étais fatigué. Ce soir, je mangerais à mon hôtel. "Ne vous inquiétez pas, mon ami, lui ai-je dit, je reviendrai."

Mais la vérité est que, pendant le temps que j'ai encore passé à Gbandeh, je ne suis pas retourné au café. Ni à aucun autre. Je n'ai pas non plus fait ma promenade quotidienne autour du square. Au lieu de cela, je suis resté tout seul et j'ai pris mes repas dans ma chambre ou dans la salle à manger de l'hôtel. J'ai bu mes Rhino au bar de l'hôtel où les seuls autres clients étaient une demi-douzaine de touristes européens et quatre ou cinq hommes d'affaires américains et asiatiques. Je ne me suis lié avec aucun d'entre eux. De plus, mes contacts avec les Africains se sont désormais limités à mon chauffeur et à nos employés de l'usine de montage, des gens dont j'évitais d'imaginer la vie privée. Même les Gbandéens que je croisais à présent dans la rue me paraissaient sans visage et presque invisibles. Tous les jours, à la réception de l'hôtel, je m'informais de l'appel que j'attendais du siège pour me rappeler au New Jersey ; il est enfin arrivé au bout de ma quatrième semaine à Gbandeh. Le lendemain, j'ai fui le pays.

En avril de l'année suivante, presque quinze mois après mon départ agité du Katonga, j'y suis retourné. Cette fois, on m'envoyait ouvrir une deuxième usine de montage dans le parc industriel de Gbandeh et je devais conduire cette unité de production jusqu'à son régime de croisière. Le consortium hollandais qui possédait notre société avait récemment racheté à une banque de Francfort l'hypothèque qu'un fabricant de meubles japonais en déconfiture avait dû céder sur un des deux bâtiments construits là-bas, près du nôtre, dans la plaine que l'érosion rendait toute rouge. On avait estimé que parmi les cadres américains j'étais le mieux à même de traiter efficacement avec les Africains, et on m'avait donc récemment promu au rang de directeur des opérations d'outremer. Ma mission, cette fois, consistait à acheter les machines, puis à engager et à former les ouvriers, de sorte que, dès l'été, la deuxième usine pût fonctionner harmonieusement à côté de la première. Cette opération allait doubler notre production de sandales et la porter au niveau requis par nos projections de ventes pour l'automne et l'hiver.

Nous étions presque à la fin de la saison des pluies, et si l'air avait été purifié de la poussière rouge omniprésente lors de mon précédent séjour, c'était à présent le sol, les rues, les sentiers et les cours – et même les planchers dans les intérieurs clos – qui étaient tapissés d'une boue rouge et épaisse. Les gens qui entraient dans la pièce après votre départ attrapaient cette boue sur leurs chaussures, leurs vêtements et leurs mains, et la transportaient ailleurs. Les voitures, les carrioles tirées par les ânes, les cyclistes, les piétons, tous en projetaient des giclées sur vos chaussures et votre pantalon, et cette boue, vous la portiez depuis la rue sur le carrelage, les tapis et l'acajou poli des sols intérieurs ; vous en déposiez par inadvertance sur les rideaux, les sièges et les canapés. Il vous suffisait de toucher votre visage, vos cheveux ou votre chemise blanche toute propre pour y laisser des taches rouges qui ressemblaient à une blessure non refermée.

Ce temps et ses conséquences fâcheuses étaient assez éloignés de ceux de mon précédent voyage pour que le Katonga m'apparaisse comme un pays entièrement différent de celui que j'avais quitté quinze mois auparavant. En outre, j'avais pratiquement oublié ma troublante rencontre avec Djinn le dément et les changements subtilement aliénants qui avaient ensuite affecté mon comportement et ma conscience. Je ne me souvenais que de mon enthousiasme des premiers moments pour cet endroit et pour ce peuple – de mes premières impressions, pour ainsi dire –, ainsi que de cette curiosité que leur vie éveillait en moi et que je n'avais toujours pas satisfaite. Je me rappelais aussi combien mon irritation passagère envers telle ou telle de leurs manières de faire indigènes, incompréhensible pour moi, avait suscité d'interrogations sur mon propre compte. Autrement dit, je me souvenais que j'avais été un bon voyageur, mais pas grand-chose d'autre.

Puis un soir, alors que j'étais déjà là depuis quelques semaines, la pluie s'est enfin interrompue pendant plusieurs heures, ce qui annonçait la fin prochaine de la saison humide. Pour la première fois, je suis sorti de mon hôtel sans parapluie et, comme au bon vieux temps, je me suis mis à déambuler autour du parc Binga. Sans y prendre garde, à la fin de ma promenade, je me suis retrouvé dans l'impasse proche de l'hôtel et je suis allé en flânant jusque dans le café au bout, là où j'avais rencontré le fou. Andrew, le barman, était toujours là, et il m'a reconnu aussitôt. A ma grande surprise, il a même été capable de m'appeler par mon nom et, sans que j'aie à le demander, il m'a apporté une bouteille ouverte de bière Rhino bien fraîche.

"Vous arrivez au Katonga au moment parfait, monsieur ! s'est-il exclamé bruyamment. La pluie est terminée, et la chaleur n'a pas encore commencé. C'est pour ça que nous appelons ce moment la saison de l'entre-deux ! Toute la ville, monsieur, tout le pays se voient lavés comme un nouveau-né ! On se débarrasse de la boue et on se prépare pour la poussière, a-t-il ajouté fièrement comme s'il annonçait un rite de printemps très complexe que seul le Katonga connaissait. Est-ce que vous allez commander votre dîner chez nous, monsieur ? Nous avons un poisson grillé excellent. Du poisson pris au filet, tout frais, apporté des montagnes par les pluies."

Le bistro se remplissait de nouveaux clients, des gens du quartier qui, comme moi, sortaient ce soir pour se retrouver entre eux et s'amuser pour la première fois depuis des semaines. J'ai décidé de rester un moment, de commander mon repas et de regarder les indigènes se faire plaisir. L'idée de manger un poisson récupéré après que les pluies l'avaient enlevé à son cours d'eau et expédié dans la plaine boueuse ne m'attirait pas spécialement, et j'ai donc demandé à Andrew s'il avait toujours au menu la tarte à la viande et aux légumes dont les Anglais, paraît-il, raffolaient.

Il a été très heureux de dire que oui, en effet, il avait cette tarte prête à passer au four immédiatement, une tarte pour moi et pour moi seul, m'a-t-il affirmé, faite de tous les légumes propres au pays et des viandes diverses qu'on pouvait trouver alentour. Ce qui, ai-je supposé, signifiait également du chimpanzé, mais en y pensant j'ai décidé de ne pas vérifier la chose et j'ai espéré que j'aurais du cochon sauvage ou au moins une viande dont la consistance et le goût me permettraient de croire que je mangeais du cochon sauvage.

J'avais fini ma deuxième Rhino et j'étais sur le point d'en commander une troisième lorsque la serveuse m'a porté ma tarte toute fumante ; son odeur, tout compte fait, était celle d'un délicieux filet de porc rôti. J'ai demandé un verre de vin sud-africain – généralement on n'en est pas déçu –, et je me suis mis à manger. C'était du porc, j'en étais sûr. Avec des ignames, des arachides, des légumes verts amers, des poivrons et des oignons. Le vin était plus que passable. Excellent, ai-je fait savoir à Andrew d'un geste, et il a eu un grand sourire.

Le bistro était à présent presque plein d'habitants du quartier, des hommes et des femmes d'âges divers, la plupart en groupes de quatre ou cinq, qui buvaient joyeusement tout en échangeant d'un ton excité informations politiques et ragots sexuels – les deux, ici, se confondant souvent. Les femmes flirtaient avec les hommes, et ceux-ci rivalisaient pour capter l'attention des femmes : maintenant que la pluie avait cessé, refleurissaient tous les vieux gestes érotiques et sociaux de l'espèce. Je laissais flotter mon attention d'une table à la suivante : certaines me paraissaient plus amusantes que d'autres, et je poursuivais le genre de petite enquête anthropologique personnelle qui m'a toujours plu, quel que soit l'endroit où je me trouve, même chez moi, à Hopewell dans le New Jersey.

Puis, du coin de l'œil, j'ai remarqué sur ma droite une silhouette qui, du square, entrait dans l'impasse : un individu de grande taille, sombre, courbé d'une façon familière et qui titubait sans rime ni raison de gauche à droite en suivant l'étroite ruelle en direction du café. C'était Djinn : instantanément, la fascination et la peur que j'avais éprouvées autrefois se sont abattues sur moi comme une sorte de lourd manteau. Personne d'autre, dans le café, ne

semblait le remarquer ; tous les clients conti-
nuaient à parler, à boire et à manger comme
avant. Mais, moi, j'ai immédiatement posé ma
fourchette, et j'ai fixé mon regard sur lui. Il avait
à peu près le même aspect que la première fois :
grand et musclé, presque nu, avec de longues
mèches de cheveux emmêlées et une barbe. La
différence, c'était qu'à présent il n'était pas recouvert de poussière, mais de plaques de boue
rouge. C'était un vernis plus qu'une peau, comme
si on l'en avait arrosé au-dessus d'un feu, et,
d'une certaine façon, ce revêtement rendait son
corps plus redoutable qu'avant, plus empreint
de violence latente. Il avait sur le visage la même
expression bizarre, une clarté de sentiment quasi
extatique, cet air presque transcendant que nous
associons à ceux qui sont possédés par les
dieux.

J'ai regardé autour de moi. Quelqu'un d'autre
avait-il vu ce que je voyais ? Etais-je le seul ici
– question peut-être grandiloquente – à pouvoir m'ouvrir à ce qu'exprimait cet homme ?
Lorsqu'il s'est approché, une ou deux personnes
ont brièvement levé les yeux, puis elles ont vite
repris leurs activités comme si ce dément n'était
pas plus divertissant qu'un chien errant qui
serait entré dans le bistro. Tout le monde le trai-
tait comme s'il n'était simplement pas là, ou, en
admettant qu'il le fût, comme si sa présence ne
méritait aucun commentaire. Cette fois, Djinn
n'est pas venu à ma table, et son regard ne s'est
pas fixé au mien. Non, il m'a complètement
ignoré, et, à ma grande surprise, j'en ai éprouvé
de la déception, et même, comme un enfant, de
la tristesse. Qu'est-ce qui *cloche* en moi ? me
suis-je demandé, en m'interrogeant en même
temps sur la manière d'attirer de nouveau son

attention. Peut-être devais-je agiter la main ou l'appeler ? Mais j'ai aussitôt chassé cette idée, car ce comportement aurait paru incongru aux autres : un étranger qui cherche le contact avec Djinn le fou !

Il est passé à un mètre à peu près de ma table. Il sentait le foin mouillé et les fruits trop mûrs, tel un cheval ou quelque autre grand animal domestiqué. Mais il n'a pas pris acte de ma présence. Ni de celle de quiconque, d'ailleurs. Il semblait être en mission, concentré, avec un but en tête, et il s'est avancé maladroitement entre les tables jusqu'à l'autre bout du café. Là, soudain, il s'est redressé, et, d'une main, il s'est accroché au support du balcon du premier étage. Il s'est hissé jusqu'à la première balustrade et il l'a enjambée. A présent, il avait l'attention de tous, pas seulement la mienne. Un silence étrange s'est abattu sur le café, et tout le monde s'est tourné pour regarder le fou qui grimpait le long d'un tuyau de gouttière reliant le premier étage au deuxième. Il s'est projeté du tuyau sur un rebord étroit, puis, se redressant sur ce rebord, il s'est déplacé, centimètre par centimètre, vers un endroit d'où il pouvait atteindre un balcon de fenêtre en fer forgé. Tournant alors son large dos à la foule en bas, et exhibant tranquillement ses fesses nues, il a empoigné le balcon et s'est hissé jusqu'à la fenêtre gardée par des volets. Là, il s'est retourné et nous a fait face, comme un pape.

A la périphérie de mon champ de conscience, pendant que le dément grimpait à l'angle du bâtiment, j'avais à moitié repéré un individu corpulent, avec une moustache en guidon de vélo, qui s'était levé d'une table où se pressait tout un groupe et qui s'était avancé seul jusqu'à l'endroit où Djinn avait entrepris son escalade. Cet homme portait la chemise bleu foncé de type cubain que j'avais appris à associer avec les membres de la police en civil. Et lorsqu'il a glissé sa main droite sous sa chemise, j'ai compris qu'il cherchait un pistolet. En une seconde, il l'avait sorti et le dirigeait vers Djinn qui était presque directement au-dessus de lui à trois étages de distance. A présent, l'attention de tous était fixée sur le pistolet nickelé du policier, pas sur l'homme vers lequel cette arme était braquée.

"Bon, Djinn, a déclaré le policier d'une voix dure mais tout à fait détendue. Descends, maintenant. Tu connais le règlement."

J'ai regardé pour voir la réaction de Djinn, espérant contre tout espoir vraisemblable qu'il allait descendre sur-le-champ. J'ai même failli lui crier de le faire. Mais je n'ai pas pu. Il avait encore le visage illuminé par un savoir, une émotion ou un souvenir plus puissant et plus éclairant que tous ceux que nous, en bas, avions jamais connus. Il ressemblait à quelqu'un pour qui tout enfin était élucidé. Il y avait là cependant quelque chose de nouveau, quelque chose qu'il n'avait gagné que durant ces quelques derniers instants ou qui lui était peut-être venu de sa perspective dans les hauteurs.

Tel est sans doute le véritable visage de l'*amour*, me suis-je dit, et aussitôt je me suis senti transformé, non pas en objet aimé – ce qui, lorsqu'on est regardé par un amant, semble être normalement le cas –, mais en *sujet* aimé. Et c'est là quelque chose de dramatiquement, même de métaphysiquement, différent. Les grands yeux bruns de Djinn nous contemplaient tous avec une compassion et un humour qui ne pouvaient manquer de nous donner la sensation d'être véritablement aimés – et, pour la plupart d'entre nous, c'était la première fois de notre vie. Je sais que je n'étais pas le seul dans ce cas. Nombreux étaient ceux qui, autour de moi, s'étaient levés comme moi et regardaient Djinn avec des yeux écarquillés, bouche bée, rendus muets par un effroi respectueux et par une gratitude inexplicable.

"Descends, maintenant, Djinn, sinon je serai obligé de tirer ! C'est ta dernière chance !"

Djinn a grimpé sur la barre la plus haute du balcon et il est resté un instant dessus en équilibre, puis, avec nonchalance, il a levé les bras au-dessus de sa tête et il a saisi des deux mains les tuiles en terre cuite sur le toit. Il s'est balancé, ses pieds ont lâché le balcon, et ses orteils sont venus agripper le sommet de la porte-fenêtre. Il commençait à se hisser sur le toit lorsque le policier a tiré : une fois, puis une deuxième, et les balles ont fait tressaillir Djinn en le pénétrant en plein dos. Pendant une seconde, il est resté accroché là-haut sans bouger, comme s'il avait réussi à réellement absorber les balles avec son corps et à les rendre inoffensives. Mais non, il a lâché les tuiles, ses orteils ont glissé du bord de la porte-fenêtre et il a basculé en arrière, tombant du bâtiment dans la rue pavée où son corps a heurté les pierres avec une violence à lui briser le squelette. Nous avons entendu les os se briser et la chair se déchirer comme du chiffon pourri. Nous tous. Pas seulement moi. Et pourtant personne, pas même moi, n'a réagi comme s'il venait de se passer quelque chose de fâcheux. Le policier est revenu d'un pas lent à sa table, les autres ont regagné leurs chaises, et tous, apparemment, ont repris leur repas, leur verre et leur conversation là où ils les avaient laissés.

L'air mauvais, énervé, Andrew est sorti précipitamment de la cuisine avec, dans son sillage, deux adolescents qui lui donnaient un coup de main – des plongeurs ou des aides-serveurs –, et tous trois ont soulevé le corps du dément pour l'emporter dans la rue, disparaissant avec lui à l'angle du square. Je suivais la scène, horrifié, abasourdi, stupéfait. Que s'était-il passé ? Lorsque, quelques instants plus tard, le barman est revenu, il s'est arrêté près de ma table et il a dénoué avec une irritation évidente son tablier taché de sang. Il repartait déjà lorsque je lui ai saisi le bras. "Où est-ce que vous l'avez emmené ? ai-je demandé.

— Qui ça ?

— Le fou ! Djinn !

— Oh. Au poste de police", a-t-il dit en repartant vers le bar où des clients attendaient son retour. Par-dessus son épaule, comme si la pensée lui en était venue après coup, il m'a lancé : "La police s'occupera du corps, monsieur. Ne vous en faites donc pas."

Je suis resté un long moment assis, frappé de stupeur et décontenancé par ce que je venais de voir. J'ai fini par payer et par quitter le café en espérant que j'avais imaginé au moins en partie ce dont j'avais été le témoin ce soir-là. A moins que je n'en aie imaginé la *totalité*. Ce serait encore mieux.

Je voulais rester seul et dormir. J'avais une grande envie de dormir.

Le lendemain, je suis arrivé en avance au parc industriel ; j'avais l'esprit ailleurs et j'étais de mauvaise humeur. Du début de la journée jusqu'à la fin, je me suis senti incapable de gérer les problèmes, pourtant habituels, que je rencontrais dans la formation des indigènes. Ces difficultés, je n'arrivais pas à les accepter comme légitimes et naturelles. Cela ne me ressemblait pas. J'essayais de leur enseigner à faire fonctionner les tours, fabriqués en Allemagne, qui façonnaient les talons de nos sandales pour femmes dans de l'acajou importé à grands frais des hauts plateaux du Cambodge, débité à Goa et transporté ici au Katonga. Pendant des centaines de millénaires, ces gens-là, nos employés katongais, avaient été des chasseurs de la forêt humide équatoriale et des agriculteurs n'assurant que leur propre subsistance, et sans doute n'aurais-je pas dû m'attendre qu'ils s'adaptent aux machines industrielles aussi rapidement que l'avaient fait les habitants de Nouvelle-Angleterre au XIXe siècle, et que, jour après jour, année après année, ils soient là, sur nos chaînes de production, à fabriquer des articles qu'ils n'utiliseraient jamais et qu'ils ne verraient même jamais personne utiliser. D'habitude, je comprenais les obstacles auxquels ils étaient confrontés, et, sans préjugés, j'accordais mes attentes à cette réalité. Mais ce jour-là, pour une raison que je ne comprenais pas, leur incapacité et leur inattention m'exaspéraient, et par conséquent je me suis retrouvé à leur crier dessus pour la moindre faute ou la plus petite négligence. Dès le milieu de l'après-midi, il suffisait que je m'approche de la chaîne pour que les ouvriers baissent les yeux ou regardent ailleurs, et quand j'ai battu en retraite vers les bureaux, les employés et les cadres se sont mis à fouiller dans leurs dossiers comme s'ils cherchaient une lettre perdue.

A la fin, j'ai abandonné, j'ai appelé mon chauffeur et je suis revenu en ville.

Je lui ai demandé de me déposer au parc Binga, et de là je suis allé tout droit vers le café au bout de l'impasse qui jouxtait mon hôtel. Quand je suis arrivé à l'angle de la ruelle, et que, du square, j'ai vu tout au fond le café désert et le bar où Andrew lavait calmement la boue de la veille et le sang de Djinn sur les pavés de la cour où étaient installées ses tables, quelque chose m'a empêché d'aller plus loin : un avertissement que j'ai *senti*, plutôt que vu ou entendu, m'a été adressé. Cet endroit est terriblement froid, me suis-je dit. D'un pas rapide, je suis aussitôt parti rejoindre ma chambre d'hôtel où je me suis versé un verre de whisky et, assis à la fenêtre, j'ai contemplé le parc en attendant la nuit.

Plusieurs verres plus tard, la nuit est arrivée. De ma fenêtre, je voyais surgir les lumières de la ville : des chapelets et des chaînes de lumières qui éclairaient des salles, des halls et des espaces publics, des avenues et des ruelles, qui illuminaient par taches et par rayures les vies de ceux qui s'entassaient dans les immeubles bon marché et les hôtels pour ouvriers, dans les pensions, les restaurants et les cafés en plein air de Gbandeh. Ma morosité s'est alors un peu dissipée et, pour la première fois depuis la veille au soir, mon sentiment d'être seul et différent de tous les autres a quelque peu desserré son étreinte. Je suis sorti de l'hôtel pour aller dans la rue et, de là, je me suis dirigé vers le café.

Le bar était plein de monde, mais j'ai fait signe à Andrew qui a interrompu sa conversation avec une jolie jeune femme en T-shirt – une Coréenne ou une Japonaise – et qui, sans que je le lui demande, m'a apporté une canette de

Rhino ouverte et un verre. "Heureux de vous voir de retour, a-t-il dit.

— Andrew, il faut que je vous demande quelque chose. Au sujet de Djinn.

— Pas de problème, monsieur. Quoi donc ?"

J'ai expliqué que j'avais été choqué par ce qui lui était arrivé. Et encore plus choqué de voir que personne n'avait protesté, que personne n'avait même paru se soucier de ce qu'on lui tire dessus et qu'on le tue. "Et on l'a tué pour quoi ? Pour être monté sur le mur d'un immeuble ? Pour avoir refusé de descendre quand le flic le lui a ordonné ? Andrew, ça ne mérite pas de se faire abattre.

— Il n'a pas respecté le règlement, monsieur. Il n'aurait jamais dû monter sur ce mur.

— Mais c'est un fou ! Ç'aurait pu être vous ! ai-je répondu. Ou moi ! N'importe lequel d'entre nous peut être fou. Peut-être que nous le sommes, et que c'est lui qui ne l'est pas ! Qui peut en être certain ?

— Ça ne fait rien, monsieur. C'est le règlement qui compte, et il ne l'a pas respecté.

— Mais c'est un petit règlement sans grande importance. Et on l'a tué pour ça !"

Andrew a haussé les épaules, puis il m'a brusquement demandé comment j'avais trouvé ma tarte à la viande et aux légumes.

"Quoi ? Ah, oui, très bonne. En fait, elle était délicieuse."

Il a voulu savoir si je me posais des questions sur l'origine de la viande. Il ne me regardait plus mais semblait essayer de capter l'attention de la femme asiatique à l'autre bout du bar.

"Qu'est-ce que ça a à voir avec Djinn ? Vous pouvez me le dire ? Au fait, Andrew, je ne veux pas cette bière. Je veux un whisky. Sec."

Il m'a souri gentiment et m'a servi de la meilleure bouteille qu'il avait au bar. En posant le verre devant moi, il a déclaré : "J'espère que vous n'êtes pas mécontent de ne pas avoir eu de viande de brousse dans la tarte, monsieur. Pas de chimpanzé.

— Mécontent ? ai-je dit en riant. Certainement pas !

— Le cercopithèque est aussi bon au goût, vous savez, si on le cuisine bien. Mais vous avez sans doute remarqué le changement, puisque vous êtes un homme intelligent et que vous connaissez si bien notre nation. Je vous fais donc mes excuses, monsieur, pour avoir dû remplacer la viande de brousse par du singe vert, du cercopithèque."

Je me suis reculé, le regardant fixement, croyant à peine ce que j'entendais. Avec un petit sourire aux lèvres, il a versé ma bière intacte dans l'évier, puis il a essuyé le comptoir et il est retourné à sa jolie cliente asiatique.

Je ne le sentais pas, mais je devais être ivre parce que j'ai du mal, sinon, à expliquer ma façon d'agir par la suite. A ce moment-là, cependant, tout ce que je faisais me semblait très sensé et obéir à un objectif bien net. C'est seulement après coup que mes actes me sont apparus comme insensés et dénués d'objectif. Mais alors, il était trop tard. Alors mes actes, tels des rêves, m'avaient déjà rempli de sentiments qui ne me quittaient plus et qui finiraient par me forcer à leur tour à agir, car ils avaient déjà commencé à œuvrer profondément en moi.

J'ai traversé le café bondé pour aller directement à l'endroit où Djinn avait entrepris son escalade fatale la veille au soir. Levant les bras, j'ai agrippé le support en bois du balcon et, au prix d'un rétablissement, je me suis hissé sur le balcon. Là, comme Djinn, j'ai grimpé le long du tuyau de la gouttière et j'ai avancé lentement sur un tuyau secondaire pour atteindre un autre balcon juste au-dessus de moi à ma gauche. A ce moment-là, les clients du bistro et du bar m'avaient repéré, et ils m'observaient de leurs tables avec la même attention fascinée qu'ils avaient accordée à Djinn le soir précédent. J'ai passé rapidement la foule en revue pour y détecter le policier, mais je ne l'ai pas vu. D'une main, j'ai agrippé la traverse du bas du balcon au-dessus de moi, et, de l'autre, je me suis accroché à un rebord adjacent. J'ai pu ainsi me lancer du tuyau pour atteindre le balcon. J'étais à trois étages de hauteur, à présent, à plus de treize mètres de la rue pavée. Je transpirais, mais plus à cause de mon excitation que de mes efforts. Je respirais par saccades, comme un minuscule animal pris au piège, et mon cœur tambourinait bruyamment contre mes côtes. C'était l'acte le plus bizarre, le plus imprévu que j'avais jamais accompli, et malgré le grand frisson de plaisir que j'en éprouvais, j'étais terrifié. Je n'avais aucune *raison* d'agir ainsi, j'y étais seulement contraint par une force intérieure.

Comme Djinn, je suis monté sur la balustrade du balcon et, m'équilibrant dessus, je me suis retourné et j'ai regardé les gens en bas : un bon nombre d'entre eux avaient quitté leur table et s'étaient regroupés au-dessous de moi, très excités, levant vers moi des yeux tout aussi frappés d'effroi et des bouches tout aussi bées que lorsqu'ils avaient regardé le fou. C'était comme s'ils retrouvaient en moi ce soir ce qu'ils avaient vu en lui la veille, comme si je les transformais en sujets aimés.

C'est alors que j'ai aperçu le policier. Pas le même que celui de la veille : celui-ci était plus grand, plus foncé de peau, avec une tête pratiquement chauve. Il portait cependant la même chemise bleue, et il a passé la main dessous pour sortir son pistolet. Lentement, presque avec nonchalance, il m'a visé de son arme et il a crié : "Monsieur, vous devez descendre tout de suite ! Vous n'avez pas le droit de grimper sur ces murs !" J'ai répondu par un rire, une explosion d'hilarité pure, de formidable bonne humeur. Je n'éprouvais rien qu'un sentiment chaleureux, de l'affection envers cet homme et son pistolet ; et pour cette unique raison, l'absurdité de son ordre me ravissait.

J'étais à trois étages du sol, maintenant, avec seulement le toit de tuiles au-dessus de moi, et, au-delà, le ciel nocturne d'Afrique. Je me suis détourné de la foule, lui montrant mon dos, j'ai tendu les bras, j'ai agrippé le rebord du toit, lancé mes deux pieds sur une étroite moulure du mur où j'ai réussi à placer la pointe de mes orteils, et je me suis hissé lentement, soulevant mon corps centimètre par centimètre. J'étais suspendu au bord du toit : mes épaules et ma tête en dépassaient, mais tout juste, et la plus grande partie de mon poids se balançait encore dans les airs. J'ai entendu le policier me crier : "Vous devez descendre, sinon je vous tire dessus !" Puis il a dit : "Descends, Djinn, ou je tire." Je suis sûr qu'il l'a dit ; je suis sûr qu'il m'a appelé Djinn. Ça voulait dire bien des choses, mais en cet instant ça ne signifiait qu'une chose pour moi : s'il pouvait me tuer, il le ferait.

Désormais, il m'était impossible de revenir en arrière. Si je cherchais à tâtons, avec mes pieds, le balcon au-dessous de moi dans les airs, au bout de quelques secondes je n'arriverais plus à tenir les tuiles et je tomberais exactement comme si on m'avait abattu. Il me fallait toute ma force rien que pour m'accrocher aux tuiles, rien que pour rester là où j'étais. Pourtant, je ne sais comment, j'ai réussi à rassembler assez d'énergie dans mes mains et dans mes bras pour tirer lentement mon corps vers le haut, avec une peine inouïe, et pour le faire passer par-dessus le rebord du toit – d'abord la poitrine, puis le ventre, le bassin, les cuisses et enfin un genou – au moment même où j'ai entendu la détonation du pistolet. La balle a rebondi sur la tuile qui était la plus proche de mon visage et ma joue a été piquée par des éclats d'argile cuite. J'ai fait un dernier plongeon pour m'abriter ; j'étais tout entier passé par-dessus le rebord et, une fois sur le toit en pente, j'étais hors de la ligne de mire du tireur.

Je me suis précipité tant bien que mal jusqu'au faîte du toit, puis je suis passé de l'autre côté. J'ai changé de direction et j'ai suivi le bord le plus éloigné, hors de vue sur tout mon trajet jusqu'à ce que j'arrive au pignon du bout. Là, je me suis enfin arrêté et je suis resté assis, recroquevillé comme un gros oiseau avec mes jambes croisées sous mon corps et mes bras entourant mes épaules comme des ailes couvertes de plumes. De mon perchoir, je pouvais voir au loin la foule du bistro qui grouillait et qui continuait à regarder l'endroit par où j'avais disparu. Dans l'autre direction, j'avais vue sur le parc. Les branches des palmiers s'entrechoquaient sous la brise nocturne avec des petits bruits secs. Une apesanteur et une euphorie étranges s'étaient emparées de moi. J'ai de nouveau regardé vers le café, et j'ai vu que le policier avait rangé son pistolet. Il était revenu à sa table, comme les autres clients qui, au bar et ailleurs, avaient repris leurs activités habituelles de la soirée. Avec une joie feinte, Andrew servait un Asiatique qui s'était joint à la jolie femme asiatique du bar. J'avais subi quelque chose d'énorme, mais il ne faisait pas l'ombre d'un doute qu'il n'était rien arrivé à personne d'autre.

Dans peu de temps, la poussière rouge reviendrait : nous étions, c'était manifeste, dans la saison de l'entre-deux. Je me suis calé en arrière et j'ai détourné mes yeux de Gbandeh, du Katonga, du continent et même de la planète. Les nuages s'étaient écartés et un ciel bleu foncé se tendait au-dessus de moi telle une tente bédouine. Traversé du nord au sud par le premier méridien, l'équateur croisait le ciel d'est en ouest ; et au-delà des frontières de l'empire, les étoiles, pareilles à une infinité de grains de sable du désert, coulaient à travers l'univers en vagues immenses dont nul n'avait tracé le cours. Toute la nuit, je suis resté perché sur le toit de ce vieil entrepôt colonial, et jusqu'à l'aube je n'ai cessé de détourner les yeux de moi-même. Quand enfin je suis redescendu au sol, le ciel était devenu d'un blanc laiteux. Désormais aussi invisibles que l'équateur et la ligne de partage du temps, les étoiles avaient disparu et les rues et les trottoirs de Gbandeh étaient déserts. J'étais seul.

MOMENTS PRIVILÉGIÉS

Un crissement de pneus sur l'allée de pierre concassée et un éclair de phares qui traverse la chambre tirent Kent d'un sommeil léger. Mais je ne dormais pas, se dit-il. Je me reposais seulement, les yeux fermés. J'écoutais. Comme à l'époque où Rose était encore au lycée et où, passé minuit, Kent tendait l'oreille dans son lit pour surprendre le bruit d'une voiture (la sienne, ou celle du petit ami de Rose, ou celle du père de la copine de Rose, ou encore celle de son ex-femme) ramenant Rose chez lui, dans la maison où elle passait la fin de semaine, le week-end sur deux de Kent, ou la semaine entière des vacances de printemps, voire les deux semaines du milieu de l'été. Dans la maison de Kent, dans sa ville, et à son tour d'être le parent de garde.

Ils appelaient cela leurs moments privilégiés. Kent accueillait Rose à la porte et s'assurait qu'elle n'était ni ivre, ni défoncée, ni triste ; et si elle souffrait d'une de ces trois choses, il essayait de traiter le problème rationnellement, avec calme, avec réalisme. Kent était médecin – il se voyait comme un scientifique très qualifié – et c'était aussi un homme qui connaissait le monde. Il savait à quoi les gosses étaient confrontés, dehors. Il était de tout cœur avec eux. Même aujourd'hui, dix ans plus tard, alors qu'il est devenu plus administrateur que médecin, Kent reste de tout cœur avec eux.

Il entend le bruit sourd des lourdes Doc Martens de Rose sur la terrasse de devant, le cliquetis de la clé de la porte d'entrée, le battant qui claque avec force. Dans trois mois, Rose aura trente ans, mais elle continue à claquer la porte en rentrant, quelle que soit l'heure. Kent, pour sa part, continue à inspecter la voiture le lendemain matin, quand Rose l'a empruntée, pour voir s'il n'y a pas de rayures ou de bosses. Surtout cette voiture-ci, son Audi flambant neuve, gris métallisé, aux lignes fluides : c'est le cadeau qu'il s'est offert pour son soixantième anniversaire. Il se dit déjà qu'il ne doit pas oublier cette inspection avant d'aller au travail, pour que ce ne soit pas en fin d'après-midi, sur le parking de la clinique, qu'il découvre un creux dans une aile ou un capuchon de feu arrière cassé. Sinon, Rose affirmera avec véhémence que c'est sur le parking que ça a dû se produire, parce qu'elle n'a absolument pas le moindre souvenir d'un quelconque choc contre l'aile pendant qu'elle avait la voiture. Et il acceptera sa version. Bien obligé. Il allume sa lampe de chevet, sort du lit et va jusqu'au placard. Mais elle aura menti. Ou, pire, elle n'aura pas la moindre idée de la manière dont la chose a pu arriver, et, d'ailleurs, elle s'en fout. Il passe son peignoir par-dessus son pyjama et, pieds nus, sans bruit, il suit le couloir jusqu'à la cuisine.

"Salut, jeune fille. Tu t'es bien amusée ?" dit-il en prenant une grappe de raisin noir dans le saladier posé sur la table du petit déjeuner. Affalée contre la table, l'air méditatif, Rose boit du lait à même la brique de deux litres. Kent aime bien cette cuisine : c'est la seule pièce vraiment moderne de la maison, et elle a été conçue par un architecte. C'est un ensemble bien coordonné d'inox, de carreaux de faïence, de casiers en hauteur permettant de ranger les casseroles et de plans de travail amovibles en bois épais, genre billots de boucher. Il l'a rénovée de fond en comble lorsqu'il a commencé à s'intéresser sérieusement à la gastronomie, et il aime dire aux gens que dans le genre cuisine c'est ce qu'on fait de mieux. Le reste de la maison est plus ou moins dans le même état que lorsqu'il l'a achetée il y a quinze ans, l'année après le divorce. Depuis lors, bien qu'il ait eu le plaisir de connaître plusieurs liaisons amoureuses de longue durée avec des femmes bien, des femmes de son âge qu'il aurait pu épouser, il n'a partagé sa maison avec personne – sauf avec sa fille. Il n'a pas voulu. Une construction de style rustique des années cinquante pour banlieues huppées, le genre qui plairait à un sous-chef de la mafia, voilà comment Kent aime décrire sa maison à ceux qui ne la connaissent pas.

Il balance les grains de raisin un par un dans sa bouche. Il vit désormais hors mariage depuis presque aussi longtemps qu'il a vécu marié. C'est une constatation qui l'étonne une fois de plus. Il laisse tomber la grappe dénudée dans le broyeur.

"Je serais ravi de te voir utiliser un verre", dit-il d'un ton neutre. Julia, son ex-femme, a donné cette habitude à Rose : boire du jus d'orange, du lait, n'importe quoi, directement à la brique.

"Désolée, papa, j'ai oublié. Ça fait un bout de temps", dit Rose. Elle hausse les épaules et lève la tête vers lui avec un sourire penaud, ou peut-être moqueur – il n'arrive pas à décider. Sa dernière visite ne remonte pourtant pas à très longtemps. Six mois, à peine.

Elle se lève, traverse la pièce et prend un grand verre dans le vaisselier, le remplit, et laisse la brique sur le plan de travail. Rose est une grande femme à la forte ossature avec des cheveux brun-violet qui lui descendent jusqu'aux épaules. Elle tient sa peau de sa mère : une peau si lisse et d'une pâleur si étonnante qu'elle semble baignée d'une lumière bleue un peu voilée. Quand Julia avait l'âge de Rose – Kent s'en souvient –, elle attachait ses cheveux en arrière de la même façon et, l'été, elle portait volontiers des chemisiers sans manches très décolletés. Julia, à cette époque – comme sa fille aujourd'hui –, aimait dévoiler autant de visage, de gorge et de bras que possible. Si tu as ce qu'il faut, disait-elle, autant le montrer.

Kent ne sait pas comment Julia se coiffe à présent, ni si elle a une peau toujours aussi belle. Il y a plus de sept ans qu'il ne l'a pas vue de près. Il s'imagine qu'elle a changé, pendant cette période, tout autant que lui et en grande partie de la même façon. En sept ans, on a le corps qui se renouvelle entièrement, cellule par cellule.

Il ramasse la brique de lait et la remet dans le frigo. "Alors, comment ça s'est passé, ce soir, avec tes vieux copains ?

— Pas mal, dit-elle. On s'est marrés." Puis elle se reprend : "*Non*, en fait. C'était pas si bien et on s'est pas marrés.

— Oh ? Pourquoi ?

— Eddie et Jeanette, et Tucker et Sandy ? Ce sont pas mes vieux copains. Pas vraiment. Et puis ils sont mariés, ils sont en couple, et tout le cirque. Ils ont définitivement viré du côté barbant. Chi-ants.

— Ah bon ?" dit-il d'une voix basse et triste. Il veut faire apparaître sa déception sans avoir à l'exprimer en mots.

"Ouais. Tu sais, je ne les ai connus qu'après le divorce. Bon, en fait, je les connaissais, on traînait pas mal ensemble quand on était ados, mais c'était surtout l'été. Quelques semaines à la fois."

Il comprend. Ça ne doit pas être facile, pour elle, de passer cinq heures dans un car Trailways pour venir voir son vieux tous les six mois, à peu près, pour un long week-end ou peut-être une semaine. Et puis rester avec lui dans sa maison (qui a aussi été ta maison, lui fait-il souvent remarquer – mais elle répond avec insistance que ça ne l'est plus) jusqu'à ce qu'il ait peur de la retenir contre son gré. Alors, il se met à l'inciter à sortir seule, à ne pas hésiter, à emprunter l'Audi, à aller rendre visite à certains de ses vieux potes. La plupart des gens de l'âge de Rose, dans le coin, du fait qu'ils n'ont pas délaissé cette petite localité du Nord de l'Etat pour des cieux plus cléments, se sont mariés entre eux et se sont contentés de beaucoup moins que ce que Rose prétend atteindre. Elle a raison. Ils *respirent* l'ennui.

Rose est une artiste, une sculptrice qui a déjà eu deux expositions personnelles : la première à Skidmore, un établissement universitaire de Saratoga Springs où elle a fait ses études, et l'autre dans une petite galerie de Litchfield, Connecticut, où habite Julia. Julia et son deuxième mari, Thatcher Clarke – il est directeur du musée de l'Horlogerie –, l'ont aidée à l'organiser. Quand Julia a rencontré Thatcher, quelques mois avant que son divorce avec Kent soit prononcé, Thatcher était directeur du conseil des arts des Adirondacks. Il venait d'être engagé pour s'occuper du musée de l'Horlogerie, à Litchfield, deux cents kilomètres plus au sud. Quelques semaines à peine après le divorce, Julia l'y a suivi. Et Rose a accompagné Julia. A cause des écoles. C'est alors qu'est survenu le besoin de "moments privilégiés".

Kent croit sincèrement que ce "brave Thatch", comme l'appelle Julia, est parfait pour elle et qu'il a été un excellent beau-père pour Rose. C'est un homme robuste que Kent décrit comme jovial, et un républicain progressiste de Nouvelle-Angleterre. Kent, en revanche, se targue de n'être ni l'un ni l'autre. Il a brièvement discuté avec ce brave Thatch lors de la remise du diplôme de fin d'études secondaires de Rose, il a renoué leur mince contact quand Rose a obtenu son diplôme de Skidmore, et il l'a vu une troisième fois l'automne dernier à l'exposition, toujours à Skidmore.

Julia n'est pas venue au vernissage. Elle était dans un établissement de cure du Nouveau-Mexique, a expliqué Rose. Elle n'avait pas de problème ? De santé ? "Pas du tout, lui a affirmé Rose. C'est à cause de son poids. Comme d'habitude." Julia avait envoyé un acompte de mille cinq cents dollars à l'établissement depuis déjà des mois, et elle n'avait pas envie de le perdre. Rose lui a donc dit d'y aller, de ne pas s'en faire. Elle pourrait voir ses nouvelles œuvres à sa convenance, n'importe quand. Deux mois plus tard, Rose a eu son autre exposition à Litchfield.

Rose embrasse son père sur la joue, lui souhaite bonne nuit et, d'un pas nonchalant, suit le couloir jusqu'à sa chambre en éteignant les lumières au passage. Sa chambre est située à l'autre bout de la maison par rapport à la grande chambre de Kent. A l'origine, c'était là que devaient loger les amis, mais dès le premier week-end que Rose a passé avec lui dans sa

nouvelle demeure – elle avait alors quinze ans –
Kent lui a donné la chambre d'amis ainsi que le
dressing et la salle de bains qui allaient avec. Il
l'a fait très naturellement, comme si c'était
quelque chose qui lui venait juste à l'esprit au
moment où il le faisait, mais il s'agissait d'un
geste mûrement réfléchi et d'un événement qui
demeure pour lui mémorable. Il avait trouvé là
sa première occasion de se sentir comme un
père, un vrai père avec une maison assez vaste
pour donner à sa fille adolescente une chambre
et les pièces qui vont avec, un endroit où elle
pourrait passer sa musique, regarder la télé et
parler sur son téléphone à elle sans interférer
avec sa musique, sa télé et son téléphone à lui.
Du coup, il n'était plus cet homme d'âge mûr,
seul, qui avait sous-loué un appartement à moitié
meublé avec jardin dans un immeuble plein de
jeunes cadres. Une situation qu'il avait détestée.
Maintenant, c'était un véritable père de famille.
Sa maison, les pièces pour sa fille et la présence
régulière de cette dernière chez lui en appor-
taient la preuve.

Il avait besoin de cette preuve visible de sa
paternité, et il croyait que Rose aussi en avait
besoin. Le divorce a été plus dur pour elle, a-t-il
coutume de se dire, que Julia ou même Rose ne
veulent bien l'admettre. Pour Julia, c'est parce
qu'elle se sent encore coupable des multiples
petites liaisons amoureuses irréfléchies qui ont
mené au divorce et qui, selon toute apparence,
l'ont causé. Mais aussi parce que c'est elle qui,
après coup, a déménagé. Quant à Rose, c'est
parce qu'elle ne veut pas que ses parents se pré-
occupent d'elle davantage qu'ils ne le font déjà.

Ce ne sont pourtant pas les petites aventures
de Julia qui ont provoqué le divorce ; et le fait

de partir pour Litchfield n'a pas davantage accru chez Rose la douleur de la rupture. Kent le sait bien. A mesure que les années passent, certaines choses de la vie deviennent plus simples, et le divorce que Kent a demandé à Julia est l'une de ces choses. Tout cela se ramène au simple constat que Kent avait grandi, mais pas Julia, et que d'ailleurs elle ne le souhaitait pas. Comme elle avait reçu beaucoup d'argent en héritage, elle n'avait jamais été obligée de grandir. Elle n'avait besoin ni de la proximité de Kent, ni de ses revenus pour élever leur enfant. Elle pouvait s'en charger toute seule, et, en gros, c'est ce qu'elle a fait. Il est évidemment impossible à Kent de le dire à Rose ou à Julia. Pas à présent. Elles y verraient une critique, alors que ce n'en est pas une.

Kent lave dans l'évier le verre de lait de Rose, le pose sur l'égouttoir et éteint le plafonnier. Il sort sur la véranda maintenant obscure, juste devant la cuisine, et il n'arrive pas à se rappeler s'il a verrouillé la porte donnant sur la cour de derrière. Le dallage est froid, sous ses pieds nus, et soudain il a l'impression de marcher sur du gravier ou sur des coquilles de cacahuètes écrasées. Peut-être sur du pop-corn. Les perles d'un collier brisé ? Il cherche à tâtons dans le noir jusqu'à ce que sa main rencontre un lampadaire.

Du grain pour les oiseaux ! Une large traînée de graines de fleurs des champs et de tournesol avec des poignées de maïs concassé, le tout provenant de l'office derrière lui où il garde un sac de cent livres de graines variées pour les oiseaux dans un grand bidon à poubelles en tôle galvanisée. La traînée traverse la véranda et va jusqu'à la porte extérieure. Le matin, en prenant sa deuxième tasse de café, et le soir en buvant son premier whisky soda, Kent s'assoit souvent ici sur la balancelle et regarde les oiseaux voleter avec avidité au-dessus des trois grandes mangeoires suspendues à l'érable. Il y a des roselins pourpres et des chardonnerets jaunes, des tarins des pins, des gros-becs, des cardinaux et des phœbés. Un jour, il a vu un pape indigo et il en a été tellement excité qu'il a crié : "Regarde !" Mais il était seul. Son cri, même à travers le verre, a effrayé le pape qui s'est envolé pour ne plus revenir.

Il regarde les graines éparpillées sur le sol d'ardoise, et il sent son cou et ses oreilles s'empourprer. C'est en début de soirée qu'elle a dû réapprovisionner les mangeoires et, au lieu de les porter dans l'office pour les y remplir – car c'est ainsi qu'il le fait et qu'il l'a montré à Rose un bon nombre de fois –, elle a transporté le grain, une pelletée après l'autre, à travers la véranda et par la porte, et elle en a renversé en chemin. C'est elle tout craché ! Et, bien sûr, comme elle ne voit jamais le désordre de toute façon, comme elle n'a donc pas vu ces graines semées sur le sol de la véranda et de l'office, elle n'a pas pensé à nettoyer. Ça ne lui est pas venu à l'idée. A grands pas, il fonce dans le couloir jusqu'à l'autre bout de la maison, celui de Rose. Et il allume les lampes d'un coup sec sur son passage.

Il frappe avec fermeté à sa porte. Sans colère, parce que même s'il est exaspéré il n'est pas en colère. Il est troublé. Cela, il peut l'admettre. Après toutes ces années, il n'arrive toujours pas à comprendre pourquoi elle ne peut pas ou ne veut pas se rappeler ce qu'il lui dit de faire, ce qu'il lui demande de faire, ce qu'il veut qu'elle fasse quand elle est chez lui. Quand elle est dans sa *vie* à lui, merde. Elle agit comme si, pour elle, sa vie à lui n'existait pas. Ou bien, en admettant qu'elle existe, comme si cette vie n'avait pas de sens. Il trouve cela insupportable.

Elle ouvre la porte. Elle porte un pyjama écossais bleu et vert, en flanelle, et elle tient à la main sa brosse à dents et son dentifrice. "Tu ne t'es pas encore couchée, au moins ? demande-t-il d'une voix égale.

— Je n'ai pas encore fait mes ablutions du soir", répond-elle en souriant. Puis, remarquant son expression : "Qu'est-ce qui se passe ?

— Les graines pour les oiseaux, Rose. Tu en as renversé dans toute la véranda."

Elle fronce les sourcils et scrute le visage de son père, ne comprenant pas tout à fait ce qu'il cherche. "J'ai fait ça ?

— Oui.

— Désolée. Je… Je ne m'en suis pas rendu compte." Elle s'interrompt, puis : "Les mangeoires étaient presque vides. Tu veux que je nettoie… tout de suite ?

— Si ça ne te fait rien.

— D'a-ccord", dit-elle après un soupir bien audible.

Kent fait demi-tour et repart avec détermination vers son côté de la maison, sans s'arrêter jusqu'à ce qu'il soit dans sa chambre et qu'il ait fermé la porte, éteint les lumières et se soit retrouvé au lit sous ses couvertures. Il a une respiration rapide, comme s'il venait de grimper un escalier de trois étages. Son cœur cogne fort et il ressent une poussée d'adrénaline dans tout le corps. Il sait ce qui se passe dans son corps, car, après tout, il est médecin. Mais *pourquoi* est-ce que ça se produit ? Pourquoi est-ce qu'il s'est mis dans une telle rage pour une si petite faute ? Pourquoi même considérer cela comme une faute ? Est-ce qu'il doit prendre tout ce que sa fille fait de travers comme un affront *personnel* ?

Le lendemain matin, Kent part pour son bureau avant que Rose soit réveillée. Il n'y a ni bosses ni rayures sur son Audi. Il se sent coupable pour la veille au soir – non pas parce qu'il a fait ou dit quelque chose capable de blesser Rose, mais parce qu'il était en colère alors que manifestement il aurait dû éprouver quelque chose d'autre. Il ne sait pas quoi, mais ce qu'il sait, c'est que la colère ne leur a servi à rien, ni à l'un, ni l'autre. A rien, et donc elle a été plutôt nuisible. Vers dix heures, il téléphone à la maison, et Rose décroche. "Je me demandais si tu voudrais qu'on se retrouve en ville pour déjeuner, lui dit-il, un peu raide et timide.

— Ouais, parfait !" Elle mâche quelque chose, il le sent, et elle est sans doute encore au lit en pyjama, affalée devant la télé, à grignoter le saumon fumé et les petits pains ronds au levain qu'il a achetés spécialement pour sa visite.

"Tu veux que je passe à la maison te chercher ?

— Non. Je vais prendre le vélo ! Il fait un temps superbe, et j'ai besoin d'exercice. J'ai été comme une limace toute la semaine."

Ils conviennent de se retrouver à une heure au cabinet de Kent. A une heure moins le quart, Kent sort de la clinique, s'appuie à la balustrade qui borde les marches de devant, et il regarde à sa droite la rue qui va en montant et où, il le sait, Rose va apparaître dans quelques instants en pédalant sur sa vieille bicyclette, la Raleigh à trois vitesses qu'il lui a achetée l'été où elle a eu quatorze ans. Elle possédait déjà un vélo, un cadeau de maman et papa ensemble pour ses douze ans, mais il lui a personnellement offert la Raleigh pour qu'après le divorce elle puisse aller à sa guise de la maison de sa mère à celle de son père. Puis Julia a déménagé. Ou bien aller de chez lui à son cabinet, lui a-t-il précisé, ils pouvaient s'y retrouver pour déjeuner le samedi quand il travaillait. De chez elle sur Ash Street, elle pédalait jusqu'à Main Street et, là, elle roulait tranquillement pendant dix pâtés de maisons jusqu'à ce qu'elle arrive à la longue pente sinueuse qui redevient une ligne droite et plate devant la clinique. Il se souvient des feuilles mortes d'octobre qui glissaient sur les trottoirs et sur la chaussée, et du ciel bleu profond. Il aimait attendre dehors sur les marches, exactement comme aujourd'hui, et chaque fois qu'il voyait Rose pédaler dans le virage au bout de la rue avec un grand sourire d'excitation sur son visage et ses cheveux auburn qui volaient derrière elle dans le miroitement du soleil, il avait la poitrine qui s'emplissait de joie et d'une tristesse si inéluctable que c'était tout juste s'il pouvait s'empêcher d'avoir les yeux inondés de larmes. Il savait ce qui lui donnait cette joie : Rose. Il l'aimait, et sa joie le prouvait, mais il ne savait pas ce qui provoquait la tristesse.

La voici qui arrive, une belle jeune femme en jean et en débardeur vert menthe, portant des lunettes de soleil, et qui arbore un grand sourire en voyant son père. Debout sur les marches de la clinique, les bras croisés, il est encore à cent mètres d'elle quand elle lève très haut la main droite et le salue.

A son tour, il lui adresse un geste de la main, il sourit, et il sent sa poitrine se serrer, se creuser d'émotion. Jamais il ne s'est senti aussi fier de Rose qu'en cet instant. C'est la simplicité de sa beauté et de sa sincérité, conclut-il. C'est ce qui le rend fier d'elle. Ce sont des qualités du corps et du caractère, des qualités du soi qui, pour une raison qu'il ne connaît pas, lui sont restées invisibles jusqu'à ce moment. Il ne cherche pas à savoir pourquoi il ne les a encore jamais aperçues. Au lieu de cela, il se demande comment elles ont pu soudain se rendre visibles.

Parce que Rose est à la fois à portée de main et encore loin ; telle est la réponse qu'il se donne. Mais elle approche de seconde en seconde, toujours davantage, lorsque tout à coup, pour éviter de heurter sur la chaussée quelque chose que Kent ne peut pas voir, peut-être un morceau de verre cassé, elle fait un écart brusque qui la déporte au milieu de la rue entre un camion des messageries UPS arrivant en sens inverse et une Volvo qui fonce vers elle par-derrière. Kent tend ses deux bras vers elle, la bouche grande ouverte comme s'il allait crier, mais il n'arrive pas à rompre son silence. Il n'arrive même pas à articuler le nom de Rose, et elle fait un deuxième écart, cette fois pour couper devant le camion, et, quittant Main Street, s'engouffrer dans une minuscule ruelle, en face, où elle disparaît.

Le camion d'UPS dépasse Kent avec nonchalance, comme si le chauffeur n'avait rien remarqué d'extraordinaire, comme s'il y avait fort longtemps qu'il n'avait pas vu quelqu'un en danger, tandis que le break Volvo passe en sens inverse aussi normalement que toutes les autres voitures ont roulé aujourd'hui ; la femme au volant bavarde avec le passager, peut-être son mari, ou un client à qui elle est sur le point de faire visiter une maison. Puis, venant de la droite de Kent et de l'autre côté de la rue, Rose émerge de derrière une grande haie à l'angle de Main Street. Elle pédale sur sa Raleigh bleue avec facilité et avec un plaisir évident. Elle sourit encore, et elle est maintenant assez près de lui pour lui crier quelque chose et être entendue. "Salut, papa ! Quelle belle journée, hein ?"

Kent se précipite de l'autre côté de la rue et agrippe le vélo par le guidon, l'immobilisant brusquement. Le visage de Rose s'affaisse et se contracte. Son père halète, son visage est tout rouge, et il transpire.

"Oh là, papa, qu'est-ce qui se passe ? demande-t-elle d'une voix qui monte avec sa peur. Ça va ?

— Pourquoi ? Pourquoi est-ce que tu me fais ça ? Et à *toi* ! Pourquoi est-ce que tu te fais ça à toi ?"

Rose lâche le guidon. Elle tend les mains et les pose sur les épaules de son père comme si c'était elle le parent et lui l'enfant écervelé. "Papa, lui dit-elle, arrête.

— *Pourquoi ?*"

Alors calmement, patiemment, avec un détachement incompréhensible pour Kent, elle lui explique. "Je le fais parce que ce que tu fais, toi, est violent et me rend violente à mon tour. Voilà pourquoi." Ils sont là, tous les deux, debout, avec la bicyclette bleue entre eux et la circulation qui file à l'arrière-plan.

"Quoi ? C'est *ma* faute ?"

Elle pousse un soupir, puis elle dit à son père ce qu'il faudrait qu'il sache plus que tout mais que jamais, apparemment, il n'a été en mesure de savoir : que sa gentillesse et l'intimité de leur relation l'ont rapprochée de lui, mais uniquement pour qu'il finisse par la rejeter parce qu'elle manquait de rigueur, parce qu'elle ne s'occupait pas des choses, qu'elle était désordonnée. Elle lui rappelle leur confrontation de la veille au soir pour des graines éparpillées. Elle lui dit qu'il aurait dû laisser courir jusqu'au matin. "J'ai vingt-neuf ans, papa. Laisse-moi un mot. J'aurais nettoyé ce matin." Il a gâché le bon moment qu'ils venaient de passer dans la cuisine – un moment qui, si Kent l'avait laissée tranquille, l'aurait ensuite aidée à réagir à son petit manquement d'une façon utile. "D'une façon qui ne t'aurait pas effrayé. Tu ne le sais pas, mais il y a des années que je le fais, dit-elle.

— Que tu fais quoi, depuis des années ?

— Des choses qui pourraient t'effrayer, papa. Sauf que cette fois tu l'as vu."

Côte à côte, ils avancent le long du trottoir, dans la montée, en s'éloignant de la clinique. Rose garde une main sur le guidon pour diriger le vélo, et l'autre sur l'épaule affaissée de son père.

"Je ne t'en veux pas, dit-elle d'un ton détaché et presque scientifique. Je ne t'en veux plus." Elle comprend ses besoins. Mais les besoins qu'elle éprouve, elle, sont différents, et c'est sa mère, déclare-t-elle, qui a modelé ses besoins. Pas lui.

"Ta mère ?

— Maman est comme mon double en creux, dit-elle. C'est mon moi absent. Pas toi. Toi, tu es mon père." Pendant toutes ces années, déclare-t-elle, il l'a traitée comme si elle était pareille à lui et non pas pareille à sa mère. Par conséquent, il a agi avec elle comme si c'étaient ses besoins à lui qu'elle éprouvait, et pas ceux de sa mère. Rose lui sourit, mais d'une grande hauteur.

Il ne s'agit que d'un éclair de conscience, comme si une pièce obscure s'illuminait une seconde avant de retomber dans le noir, mais

Kent voit combien il a été cruel et vaniteux. Il voit qu'il a été quelqu'un de tout à fait à l'opposé de celui qu'il avait cru être. Et, tout aussi sûrement qu'il a perdu la mère de Rose il y a quinze ans, il vient maintenant de perdre Rose, pour la même raison. Il ne connaît rien des besoins de sa fille, parce qu'il n'a rien connu des besoins de la mère de cette fille.

Lorsqu'ils quittent Main Street pour s'engager dans Ash, il demande à Rose : "Est-ce que j'ai eu tort, de divorcer de ta mère ? De vous quitter ?

— Non, dit-elle. Non, mais tu n'aurais pas dû essayer de la garder à travers moi. Et de me garder à travers elle, ajoute-t-elle. Maintenant, tu nous as perdues toutes les deux.

— Tu ne viendras plus jamais me rendre visite, c'est ça ?"

Elle secoue la tête pour dire non. "Je suis désolée. Je crois que c'est la fin de tout ce qui a eu lieu entre nous. Mais nous verrons." Elle lui dit de rentrer à son cabinet. Elle laissera le vélo dans le garage et téléphonera à un taxi pour aller à la gare des cars Trailways.

Il s'arrête, et elle continue.

ASSISTÉE

C'étaient la mère et le fils, et ils parlaient en entrant dans le restaurant, leurs discours se chevauchent. "Non, Teddy, je suis désolée, mais ça ne s'est pas du tout passé comme ça", disait-elle, tandis qu'il affirmait : "La seule façon pour que ces deux choses aient un sens, *moralement* parlant, c'est qu'elles soient cause et effet. Le vieux s'est servi de toi, maman. Il s'est servi de toi, un point c'est tout."

Rattrapés par les regards de tous sur le pas de la porte, ils se sont tus et, en souriant, ils ont hoché la tête pour dire bonjour à Della, derrière le comptoir, ainsi qu'aux clients qu'ils reconnaissaient. Et ils se sont mutuellement dévisagés avec dureté.

"On t'a assez entendu", a déclaré Emily. Avec un sourire. Manière de plaisanter.

Teddy a porté son index à ses lèvres et il s'est courbé devant l'autorité d'Emily. Sa façon à lui de plaisanter. Il la dominait de toute sa hauteur, semblable à un énorme nounours avec son manteau en poil de chameau et son écharpe de soie.

Emily aimait Teddy, et elle éprouvait de la gratitude envers lui, mais elle pensait parfois qu'il devrait ne pas s'occuper de certaines choses ou alors ne pas s'occuper d'elle. Elle a lancé vers lui, comme un poing, son nez et son menton effilés. Elle avait quatre-vingt-un ans, et les événements remontaient à presque un demi-siècle. Elle ne les trouvait même plus intéressants, sans parler du rapport qu'ils pouvaient entretenir avec le présent. De son propre chef, elle ne les aurait jamais reliés à aujourd'hui. Si Teddy avait envie de se soucier du lointain passé – comme si cela pouvait expliquer son présent ou celui d'Emily –, d'accord, mais il ne devrait pas l'obliger, elle, à en faire autant.

Teddy était pourtant très intelligent, et il connaissait bien plus de choses qu'elle sur le monde et sur les hommes – y compris sur son père. C'était après tout un homme, lui aussi, doté d'un bon métier et d'un diplôme universitaire. Il était pharmacien, propriétaire de sa pharmacie et de la mini-galerie marchande qui l'abritait. Teddy avait déplacé sa mère ici, dans le New Hampshire, depuis à peine un an. Il lui avait fait quitter sa demeure de Somerset, dans le Massachusetts, une maison où Emily, après avoir divorcé de Wayne (le père de Teddy), après avoir vu Teddy puis le frère cadet de Teddy et sa jeune sœur terminer leurs études, se marier, élever des enfants, divorcer et se remarier, était restée toute seule. Elle avait vieilli dans cette modeste maison de banlieue, une construction genre ranch, parfaitement semblable à des milliers d'autres, qu'elle avait vue pour la première fois en 1953 pendant l'automne, tout juste terminée, avec la peinture à peine sèche et les alentours encore à l'état de chantier.

Wayne et elle, assis dans la Studebaker verte qu'il aimait tant, avaient contemplé la maison de la rue qui n'était pas encore asphaltée. Emily était au volant, Wayne à la place du passager, et ils regardaient par la vitre baissée du côté d'Emily. "Elle est trop petite, avait-elle déclaré. On n'y tiendra jamais."

Il s'était penché, avait entouré de son bras épais les épaules d'Emily, et il avait souri à la maison comme s'il évaluait une superbe villa. "T'inquiète pas, ma chère. C'est la maison elle-même qui va grandir jusqu'à ce qu'on y tienne."

Il avait dit vrai, en grande partie. Dès la première année, Wayne, excellent charpentier, avait construit une vaste véranda avec un écran en fin grillage derrière la cuisine. L'année suivante, il avait ajouté un L avec une chambre de belle dimension et une deuxième salle de bains. Emily et les gosses avaient semé du gazon, planté de jeunes érables et une haie de buis. En peu de temps, la maison de lotissement était devenue une véritable demeure familiale américaine de bonne banlieue, le genre qui excitait la jalousie de la génération précédente et le désir de la génération montante. Puis le divorce était survenu : parce que Wayne buvait et qu'il sortait avec d'autres femmes. De toute façon, elle serait mieux sans lui, tout le monde le disait à Emily. Ensuite, les gosses étaient partis : l'un à l'université, l'autre dans une école de secrétariat, l'autre encore à l'armée, et Emily avait entamé la soixantaine, puis l'avait dépassée, et sa solitude n'avait fait que croître. Au-delà de soixante-dix ans, elle avait vu la plupart de ses amis mourir. Jusqu'à ce qu'elle fût octogénaire et qu'il devînt évident pour Teddy – mais elle s'en rendait compte aussi – que, même si elle restait relativement en bonne santé et lucide, elle n'était plus capable de mener à bien les tâches ménagères de base. Elle avait les symptômes annonciateurs de la maladie de Parkinson ; elle prétendait que son cœur "prenait l'eau" et qu'elle avait eu une crise cardiaque, même si son médecin n'en était pas convaincu. Elle ne semblait en tout cas pas en avoir gardé des séquelles durables, sauf une perte occasionnelle de vision périphérique. Elle disait d'ailleurs "ma" crise, et non pas "une" crise.

Parmi ses trois enfants, Teddy était celui qui veillait sur la famille et celui qui – du moins aux yeux de son frère et de sa sœur – avait l'argent. Son frère était encore dans l'armée. C'était un sous-officier proche de la retraite, et sa sœur était assistante administrative auprès du président d'une petite université. Avec leur approbation (facilement obtenue) et le consentement à contrecœur d'Emily, Teddy avait déplacé leur mère, l'avait fait venir dans sa ville, dans la jolie localité pourvue de toutes les nécessités, dans le Sud du New Hampshire, où il s'était installé dix ans auparavant, au début de son deuxième mariage. Il avait placé Emily dans un studio, à l'intérieur d'un complexe où l'on aidait les gens dans leur vie quotidienne. Teddy payait toutes ses factures et lui laissait son petit chèque de l'assurance vieillesse comme argent de poche. L'établissement fournissait des repas nourrissants et équilibrés dans une grande salle à manger au rez-de-chaussée, proposait un programme régulier de divertissements et de périodes récréatives, un service de blanchisserie et l'entretien ménager. Et aussi, comme Teddy le rappelait souvent à Emily, il offrait un programme de santé complet, avec un dispensaire et un médecin consultant sur place. "Si tu te cassais l'os de la hanche et qu'il te fallait des soins médicaux en permanence pendant des mois, tu pourrais rester ici, à Saint-Hubert, lui disait-il. Tandis que si tu étais à Somerset, toute seule, il te faudrait entrer d'urgence dans une maison de soins."

Elle était d'accord. La vieillesse est dangereuse, et une vie assistée lui semblait constituer la meilleure protection possible.

Parfois, cependant, cet endroit lui paraissait n'être guère autre chose qu'une énorme pension remplie de vieillards presque idiots et invalides, avec un trio d'infirmières au regard froid et une troupe d'auxiliaires qui s'ennuyaient, fumaient des cigarettes et auraient même préféré travailler dans une prison. Alors, elle avait l'impression que c'était une drôle de façon de vivre, sans rien de naturel. Chaque fois qu'Emily se demandait ce qu'elle faisait dans un endroit pareil, et comment elle s'était résolue à y venir, elle se récitait la suite d'étapes – petites mais très nettement définies – qui l'avaient menée là. Elle commençait par le jour où, dix-huit mois auparavant, elle avait annoncé à Teddy, au téléphone, qu'elle était devenue incapable de transporter chez elle ses courses hebdomadaires. Comme elle habitait trop loin d'un magasin d'alimentation qui livrait, elle avait commencé à faire des aller et retour en ville tous les jours par le bus pour ses provisions.

Sa maison genre ranch, à Somerset, lui manquait, ainsi que l'indépendance et la possibilité d'être seule qu'elle avait connues si longtemps. Elle voulait les retrouver. Ou au moins ne pas être obligée de se plaindre de leur absence. D'ailleurs, elle ne pouvait même pas se plaindre. "Réfléchis à ce qu'il y a d'autre, n'arrêtait pas de lui rappeler Teddy. Ce n'est pas seulement la meilleure solution pour toi, c'est la seule. Tu ne peux plus vraiment vivre toute seule."

C'était quand même vrai, admettait-elle ; comme était vrai qu'elle éprouvait un certain soulagement à laisser Teddy prendre le contrôle de sa vie, et que le fait de ne plus jamais devoir se soucier de rien était un luxe.

Sauf, et elle ne s'y était pas attendue, ce – ce quoi ? Ce *mystère* qui n'avait d'abord été rien du tout, quelque chose d'inexistant dans sa vie. Jusqu'à ce matin, jusqu'à ce que Teddy, alors qu'il la conduisait dans ce petit restaurant dans sa Lincoln Towncar, le fît surgir. Pendant toutes ces années, Emily n'avait pas songé à établir un rapprochement entre ces deux événements : l'accident de voiture de Wayne, à New Bedford, et sa brusque décision, quelques semaines plus tard, de vendre leur maison victorienne du New Hampshire, partiellement rénovée, pour acheter la maison de style ranch à peine finie à Somerset, dans le Massachusetts. En l'espace de quelques jours, Wayne avait déraciné Emily et leurs enfants pour les replanter dans un lotissement hasardeux à plus de cent cinquante kilomètres au sud. A cette époque, l'accident dont elle n'avait connaissance que par ce que Wayne lui en avait dit semblait être arrivé à quelqu'un d'autre qu'à son mari, à un parfait inconnu, et ne pas l'avoir affectée, elle, pas plus que ses trois enfants. Le déménagement du New Hampshire, en revanche, semblait n'avoir touché qu'elle et les enfants, pas du tout Wayne.

"Regarde, maman, le lien est évident", a dit Teddy. D'une main, il a mélangé à son café la crème sans matières grasses, et de l'autre il a déposé adroitement le godet en plastique vide sur le plateau des godets de crème non ouverts. C'était leur petit déjeuner hebdomadaire aux *Cascades* : un rituel remarqué et honoré en silence par les serveuses et les habitués. Teddy Holmes était un bon fils. Agé de presque soixante ans, homme d'affaires local chargé de nombreuses responsabilités, d'une deuxième femme et d'enfants d'un premier mariage déjà grands, il trouvait cependant le temps d'emmener sa vieille mère prendre un petit déjeuner avec lui une fois par semaine.

"Ce n'est pas évident pour moi, a dit Emily. Ça ne l'était pas alors, et ça ne l'est toujours pas." Della, leur serveuse, s'est approchée de leur box, et, le stylo pointé vers son bloc-notes, elle leur a demandé s'ils avaient choisi.

"Oui !" s'est exclamée Emily. Et, avec une précision très appréciable, elle a énuméré : un petit jus de pamplemousse, deux œufs pochés mollets, des muffins grillés. "Avec du *ba-con*", a-t-elle grogné en exprimant par avance son plaisir. Elle a ajouté : "Bien craquant, s'il vous plaît", et elle a battu des cils.

Della lui a lancé un clin d'œil – une promesse –, et elle s'est tournée vers le fils qui a commandé ses œufs brouillés habituels avec du bacon et des röstis. Il remuait lentement son café. Comme pour le rassurer, Emily a posé sa main sur celle de son fils, et il s'est arrêté de tourner son café. Il a soulevé sa tasse de sa main libre et il a avalé une gorgée.

"Parfois je ne me rends pas compte à quel point tout cela a été dur pour vous, les enfants, a-t-elle déclaré. Déjà avant mon divorce."

Le père de Teddy – feu mon ex-mari, comme l'appelait Emily – avait été un homme charmeur et obstiné. En déplaçant sa famille, il était allé contre la volonté de tous, surtout celle des enfants qui, après des mois de résistance angoissante, avaient fini par s'installer dans ce qui était leur troisième école et leur troisième maison depuis les sept ans que Teddy était scolarisé. Elle se souvenait que Teddy, plus que les autres, avait haï ce déménagement. Et même si, pour sa part, elle n'avait pas aimé jusque-là être éloignée de son mari et élever les enfants pratiquement seule, Emily n'avait pas non plus souhaité déménager. Elle adorait cette petite ville du New Hampshire avec ses larges rues bordées d'arbres et ses grandes maisons blanches, les pelouses des terrains communaux en plein centre ville, et la pléthore de rôles qu'elle pouvait remplir : présidente du comité de ventes de gâteaux pour l'église, vice-présidente de l'association des parents d'élèves, mère d'un boy-scout, mère d'une girl-scout, membre des auxiliaires féminines du corps des pompiers, des auxiliaires de l'association des anciens combattants, de l'organisation charitable des Elks. Emily aimait les clubs et les associations qu'on trouve dans les petites villes : c'était le genre de femme qui se sent le plus heureuse quand on lui présente un rôle bien défini dans la vie, quand elle est *choisie*. Et elle aimait la maison qu'ils avaient achetée dans cette localité, une demeure victorienne de quatre chambres, longtemps mal entretenue. Après avoir débarrassé les murs et les boiseries de générations de papier peint et de peinture, elle avait commencé à entrevoir la possibilité inattendue de prétendre à la distinction.

Mais en allant dans le Massachusetts, lui avait dit Wayne, ils habiteraient enfin assez près de son lieu de travail pour qu'il puisse dormir dans son propre lit même pendant la semaine, ce qui le changerait. Ce n'était pas sa faute, s'il ne passait que le week-end avec sa femme et ses gosses. Ça ne lui plaisait pas plus qu'à eux. Il détestait particulièrement les longs trajets en voiture le vendredi soir et le retour le dimanche.

Wayne était soudeur dans un chantier naval et il avait suivi vers le sud, le long de la côte de Nouvelle-Angleterre, la construction de la première génération de sous-marins nucléaires. Il était allé de Portland, dans le Maine, jusqu'à Portsmouth, dans le New Hampshire, où il avait travaillé sur le *Thresher*, le sous-marin célèbre pour avoir coulé. De là, on l'avait transféré à Charlestown, dans le Massachusetts, et, six mois plus tard, il avait signé un autre contrat à New Bedford. Là où s'était produit l'accident.

"Dans des moments comme celui-ci, a déclaré Teddy, j'aimerais que le vieux soit encore là. Pour le lui demander.

— Lui demander quoi ?

— Ce que c'était que cet accident. Et le déménagement. Tout ça.

— Peu importe, a-t-elle dit. Ton père a menti sur tout quand il était vivant, et, mort, il mentirait tout autant. Mentir, mentir, mentir. Le pire, Teddy, c'est qu'il m'a menti en sachant tout le temps que du coup, sans le savoir, je vous raconterais des mensonges, à vous, les enfants." Elle lui a lancé un regard blessé, plein de sentiment.

Teddy a fait semblant de compatir, mais il a souri en son for intérieur. Depuis peu, et il en était légèrement étonné, il trouvait amusantes les expressions de sa mère. Parfois, au téléphone avec son frère ou sa sœur, il essayait de partager son plaisir en répétant un échange de paroles typiquement décousu qu'il avait eu avec elle. Mais ça ne les amusait pas. Depuis la fin de leurs études secondaires, ils avaient fait en sorte de vivre aussi loin que possible de la Nouvelle-Angleterre et de leur passé commun. Ils prétendaient tous deux que ces expressions si caractéristiques de leur mère n'étaient que des signes de son égocentrisme, de son besoin d'attention aussi superficiel qu'irrépressible, et de son ignorance égoïste. Le frère et la sœur de Teddy, lorsqu'ils étaient plus jeunes et entre deux mariages, avaient décrit leur enfance à satiété et en détail à des psychothérapeutes ; ils en avaient conclu, séparément, que leur mère souffrait d'un narcissisme démesuré. Pour eux, par conséquent, tout ce qu'elle révélait d'elle sans le vouloir ne concernait que son présent et nullement leur passé. Ça ne les intéressait pas.

Mais Teddy si. Sa mère était devenue une très proche voisine, à présent, et il l'avait beaucoup plus vue, rien qu'au cours de cette dernière année, que n'importe lequel d'entre eux pendant les quarante années précédentes. Du coup, il révisait nombre de ses jugements antérieurs sur le caractère d'Emily. Ce qui le conduisait également à revoir certains présupposés de son enfance et de sa jeunesse et à réévaluer ses souvenirs de son père.

"Peu importe ce qu'il te raconterait, mort ou vif, il mentirait quand même, a-t-elle répété. Peu importait ce qu'il expliquait, son but était de m'empêcher de découvrir l'existence d'une femme qu'il voyait à ce moment-là. Il y avait une femme pour l'accident de voiture de New Bedford et une autre pour le déménagement à Somerset. A cette époque, les femmes, et moi qui ne devais rien en savoir, voilà ce qui reliait tout dans la vie de cet homme."

Teddy a secoué la tête pour signifier qu'il n'était pas d'accord, et il a attendu que Della pose leurs assiettes pleines devant eux. Emily a regardé son petit déjeuner avec avidité, puis elle a examiné l'assiette de Teddy comme si elle comparait leurs portions, et elle s'est mise à manger. On ne pouvait pas s'en tenir là, il en était sûr. D'abord, c'était une seule femme, et pas deux, qui se dessinait en filigrane derrière l'accident et qui avait provoqué, d'une façon ou d'une autre, leur départ forcé du New Hampshire. Il en était certain.

Il y avait des décennies qu'il n'avait pas réfléchi à ces souvenirs. Tout au long de son adolescence, et même après l'université, Teddy ne se rappelait cet été et cet automne lointains que par bribes évanescentes, plongées dans l'ombre et à moitié cachées par un voile de gaze. Il avait le souvenir précis de s'être enfui de la cuisine de leur maison du New Hampshire et d'avoir couru dans les bois. De s'être caché dans la forêt jusqu'après la tombée de la nuit, tandis que la famille et même quelques voisins le cherchaient en criant son nom. Il se rappelait les grenouilles arboricoles qui pépiaient dans l'obscurité ; l'odeur de la terre humide et des feuilles qui pourrissaient sous ses pieds. Mais pas qu'on l'ait trouvé, ni qu'il soit rentré à la maison, et il n'avait aucun souvenir du déménagement lui-même. Il n'y avait pas de séquence ordonnée, dans ses souvenirs, pas de chronologie claire, pas de *sens* qui s'impose à eux. Son père était rentré de New Bedford un vendredi soir, tard comme d'habitude, et, le dimanche matin, de très bonne humeur, en sifflotant, il avait fait cuire des crêpes épaisses pour les trois enfants. Lorsque leur mère était venue à table, encore en chemise de nuit et en peignoir, les yeux rouges et gonflés de pleurs, il avait annoncé aux trois enfants qu'ils allaient déménager dans une nouvelle maison, une maison super, flambant neuve, là-bas dans le Massachusetts, et qu'après le travail il rentrerait à la maison tous les soirs, comme les autres papas. Teddy se rappelait que son père avait dit qu'il détestait les avocats, tous sans exception, y compris son avocat à lui. Sa mère pleurait ; Teddy l'entendait depuis sa chambre dans la nouvelle maison, depuis cette chambre qu'il partageait désormais avec son frère et aussi sa sœur. Ils étaient endormis, il en était sûr, et ils ne pouvaient donc pas entendre leur mère pleurer d'abord dans le séjour, puis dans la cuisine, puis dehors sur les marches de la porte de derrière, en disant : *Wayne, Wayne, je m'excuse, je ne voulais pas dire ça !* tandis que son père, d'un pas furieux, partait dans la banlieue nocturne. Teddy avait eu envie de réveiller son frère et sa sœur, mais il avait décidé de ne pas le faire. Il se souvenait d'être entré dans la chambre de ses parents un dimanche matin où il neigeait et leur avoir dit : *Qui c'est, Brenda ? De quoi vous parlez, là ?* Son père l'avait regardé avec colère et lui avait répondu : *Teddy, bon sang, va te faire voir ailleurs !* Son père ne pouvait plus les conduire nulle part dans sa voiture. Les hommes avec lesquels il travaillait venaient le chercher le dimanche soir et le conduisaient à New Bedford – à deux heures de là – et le ramenaient tard le vendredi soir. La famille avait déménagé dans le Massachusetts, mais son père continuait à ne venir que le week-end. Il rentrait bourré. Il leur avait dit qu'un de ces jours il allait de nouveau travailler à l'arsenal de Charlestown, près de Somerset, et qu'il serait là tous les soirs à temps pour le souper. *Est-ce que c'est pas formidable, les enfants ?* Sa mère, alors qu'elle conduisait la Studebaker un après-midi en milieu de semaine, avait déclaré : *Papa a été dans un accident et il a perdu son permis de conduire pour un an. Ça l'énerve d'en parler, alors ne faites aucune remarque devant lui, d'accord ?*

Pendant des années, tel un archéologue qui tente de reconstituer une poterie à partir d'une poignée de tessons, il avait retourné ses souvenirs dans sa tête en s'efforçant de construire un récit cohérent, une histoire avec un début, un milieu et une fin capables d'expliquer l'intensité d'émotion qu'il associait à cette brève période de sa vie. Il avait fini par abandonner. C'était l'adolescence, voilà tout. Ces émotions, comme les sentiments que son frère et sa sœur éprouvaient de façon générale à l'égard de leur mère, n'étaient que des déplacements de sentiments issus d'une autre partie de sa vie qu'il n'avait pas encore examinée. Il n'y avait pas de récit à reconstruire.

Jusqu'à ce matin, lorsqu'il est allé chercher sa mère au centre de vie quotidienne assistée Saint-Hubert, au "Foyer", comme elle tient à l'appeler. Elle s'est hissée sur le fauteuil du côté passager, et, en se tortillant et en grognant comme d'habitude, elle a eu tant de mal à attacher la ceinture de sécurité qu'il a fini par se pencher et par la boucler pour elle. Elle a réagi avec un sourire sincère, presque radieux. Son grand plaisir est de sentir qu'on s'occupe d'elle, et peu importe de qui vient cette attention, ou quel en est le degré : le plaisir, pour Emily, est le même. Puis elle a dit : "J'ai rêvé de la maison de Somerset, la nuit dernière. C'est une chance, tu sais, que Wayne l'ait fait mettre à mon nom.

— Qu'est-ce qu'il a fait ?" a demandé Teddy.

Dans son rêve, Emily était rentrée de la pharmacie de Teddy en prenant le bus avec un sac plein de provisions. Puis, après avoir marché longtemps et s'être sentie totalement perdue dans une ville inconnue, elle avait finalement trouvé la maison. Mais quand elle avait essayé d'ouvrir, la porte était fermée à clé. Elle avait alors remarqué le panneau "A vendre" sur la pelouse de devant, et elle en avait été effrayée. "Je me suis dit : «C'est une chance que Wayne ait fait mettre la maison à mon nom», et puis je me suis réveillée, très soulagée qu'il ait eu cette initiative. Qu'est-ce que ça veut dire, à ton avis ?" a-t-elle demandé. Elle savait que Teddy aimait expliquer les rêves, mais elle ne prenait pas ses interprétations plus au sérieux que l'horoscope qu'elle lisait tous les jours dans le journal. Teddy était cependant flatté qu'elle le lui ait demandé ; et puis il s'agissait de ses rêves et de son horoscope à *elle*, ce qui donnait à la question un tour familier et agréable pour elle comme pour lui.

"Que tu aies été soulagée ?

— Je sais bien pourquoi j'étais soulagée. Il avait mis la maison à mon nom, c'est pour ça. Non, c'est le reste.

— Mais c'est le détail le plus étonnant du rêve.

— Ce n'est pas seulement en rêve, Teddy, c'est la réalité.

— Quoi donc ?

— Que ton père a mis la maison à mon nom."

Teddy a tourné les yeux vers elle, perplexe et soudain troublé. "Mais pourquoi papa aurait-il fait un truc pareil ? Dans la réalité, je veux dire. Je peux le comprendre dans un rêve, mais pas dans la réalité."

Wayne n'était même pas venu à la banque pour la réalisation de la vente, a-t-elle dit à Teddy. Elle y était allée toute seule. Il était trop occupé, il devait travailler ce jour-là, ou quelque chose comme ça. Elle ne se rappelait pas bien. Quoi qu'il en soit, puisque ça allait être à son nom à elle – l'acte, l'hypothèque, l'assurance, tout –, il n'y avait en fait pas de raison qu'il y aille. La voiture aussi, a-t-elle ajouté, sa Studebaker : il avait transféré à Emily la propriété du véhicule quelques semaines avant qu'ils s'occupent des papiers de la maison. "C'est pour ça qu'il m'a été beaucoup plus facile plus tard, au moment du divorce, a-t-elle expliqué, de garder la maison et la voiture." Et c'était aussi sans doute la raison pour laquelle Wayne n'avait pas eu le sentiment de lui devoir une pension et n'éprouvait pas la culpabilité que ressent normalement un homme qui ne verse pas à la date prévue les pensions alimentaires de ses enfants.

"Donc, oui, je crois bien que cela a eu aussi un côté négatif, pas seulement positif. Peut-être n'ai-je pas eu autant de chance que je le crois, a-t-elle dit.

— Il n'y a qu'une raison pour laquelle il aurait tout mis à ton nom, a déclaré Teddy.

— La paperasse, a-t-elle répliqué aussitôt. Ton père a toujours eu horreur de la paperasse. C'était moi qui payais les factures et qui me chargeais du courrier, tu sais.

— Il devait être en mauvaise posture dans un procès.

— Non, non. Il était trop occupé et il avait horreur de la paperasse, c'est tout. Ça te gênerait, que j'aie un peu d'air chaud ? a-t-elle demandé. Tu voudrais bien mettre le chauffage ?"

Teddy a fait comme s'il ne l'entendait pas. Il se rappelait l'accident de voiture de son père, et pour la première fois il se rendait compte que cet accident s'était produit peu de temps avant leur déménagement du New Hampshire vers le sud, vers Somerset – ce déménagement qui était l'événement central que Teddy associait, dans son enfance, avec le début du délabrement général, avec la perte, avec la peur. Pour lui, c'était là qu'avait commencé la fin de leur vie de famille. Jusqu'à ce moment, Teddy n'avait pas remarqué l'écart qui se creusait toujours plus vite entre la vie de famille des autres et la sienne. Mais à partir de là, à partir de l'automne de sa treizième année, cet écart était entré dans sa définition de lui-même.

Ses souvenirs de l'accident de voiture de son père étaient aussi lacunaires et peu fiables que ses souvenirs du déménagement à Somerset, et sa mère était aussi peu encline aujourd'hui à parler de ces deux événements qu'à l'époque où ils avaient eu lieu. Teddy, en revanche, était tout à fait disposé à reconstruire les événements de l'été et de l'automne 1953 et puis à substituer à son souvenir fragmentaire de l'original le tissu serré de sa reconstruction.

C'était par une chaude soirée de juin, pendant la semaine, sur la côte sud du cap Cod. Wayne Holmes et la dame qui était son amie étaient sortis pour la soirée dans la Studebaker verte de Wayne, et ils roulaient sur la route 28, venant d'une auberge du bord de la route, à Hyannis, pour se rendre dans une taverne de Falmouth. Au moment où ils sont entrés dans le village même, Wayne s'est penché pour régler la radio de sa voiture, essayant de mieux recevoir Vaughn Monroe et son orchestre, diffusé en direct du dancing de Norumbega toute cette semaine-là. Il avait quitté la route des yeux depuis une seconde, lorsqu'un enfant, un garçon d'une dizaine d'années ou peut-être même de l'âge de Teddy, a surgi d'entre deux voitures garées ; l'aile avant droite de Wayne l'a accroché et l'a projeté en l'air. Il y a eu des hurlements, des cris, des couinements de pneus – et puis un silence terrible, hormis le refrain habituel de Vaughn Monroe, *Racing With the Moon*.

Le garçon a été tué sur le coup. Fils d'un pêcheur portugais, en position médiane dans sa fratrie, il rentrait de chez le boucher où il travaillait à temps partiel comme garçon de courses. La tête de la petite amie de Wayne avait heurté le tableau de bord, ce qui avait provoqué un traumatisme crânien et peut-être même une fracture. Victime du coup du lapin, elle souffrait également de graves contusions au cou et au dos, mais elle allait finir, au bout d'un certain temps, par se remettre entièrement de ces blessures. Wayne était soûl. Il pouvait marcher et parler de façon cohérente, bien qu'il eût bu une demi-douzaine de manhattans à l'auberge de Hyannis et une bouteille de bière en roulant vers Falmouth. Arrêté sur les lieux de l'accident, il avait été mis en prison pour la nuit et relâché le lendemain matin contre une caution postée par son délégué syndical des chantiers navals de New Bedford.

Teddy ne connaissait pas le nom de l'amie de son père, mais il pensait que c'était peut-être Brenda. Devant la police, devant les avocats de sa compagnie d'assurances, devant l'avocat des parents du garçon décédé, et devant le juge et le jury, Wayne avait nié avoir bu : la police se trompait, un point c'est tout. Il n'y avait pas de ballon d'alcootest, à l'époque, pas de preuve ; et Brenda, au prix d'un parjure, avait couvert Wayne. L'inculpation de conduite en état d'ivresse avait été abandonnée, et comme le garçon s'était lancé sur la chaussée au milieu de la circulation en dehors des passages protégés, Wayne n'avait pas été jugé responsable de sa mort. L'affaire aurait dû en rester là.

Sauf que Wayne n'avait pas tenu sa promesse de divorcer d'avec Emily et d'épouser Brenda.

Il n'était même pas allé voir Brenda à l'hôpital pour la réconforter ou pour la remercier d'avoir fait un faux témoignage en sa faveur. L'accident avait effrayé Wayne jusqu'au plus profond de lui-même et l'avait poussé à décider temporairement de ne plus boire et de ne plus courir les femmes. De plus, il avait perdu son permis de conduire pour un an – pénalité automatique lorsque le conducteur d'un véhicule est impliqué dans un accident mortel –, et sa police d'assurance avait été résiliée. Il allait donc avoir besoin de sa femme et de ses amis rien que pour ses aller et retour entre son chantier du Massachusetts et sa maison du New Hampshire. L'heure était venue de mettre fin à sa liaison.

Brenda n'a pas été d'accord. Elle aimait Wayne, elle avait menti, prenant là un risque considérable, et elle n'acceptait pas d'être payée de retour par de l'indifférence et un abandon. Elle avait passé trois semaines à l'hôpital, elle souffrait de migraines récurrentes, de douleurs cervicales et dorsales aussi fortes qu'incessantes, bref, elle avait toute une liste de griefs et de privations qu'elle allait lui faire payer. Cela allait lui coûter des dizaines de milliers de dollars. Elle s'était juré qu'elle le dépouillerait de tout ce qu'il possédait.

Brenda a révélé ses intentions à Wayne un samedi après-midi de juillet, dans le New Hampshire. Il était dans notre séjour, à moitié endormi sur le canapé, à écouter un match de base-ball des Red Sox à la radio, lorsque le téléphone a sonné. Emily, qui traversait la pièce à ce moment-là, a répondu, puis elle a tendu le combiné à Wayne en disant : "C'est pour toi, une femme." Puis elle est allée dans la cuisine où elle s'est assise à la fenêtre, et, les yeux secs, elle a regardé ses enfants qui jouaient dans le jardin.

Quelques instants plus tard, Wayne est entré dans la cuisine. Debout derrière elle, il a posé ses lourdes et larges mains sur ses épaules et lui a dit : "Nous allons être obligés de vendre la maison et de déménager. Dans un autre Etat. Et je dois mettre la voiture à ton nom, avec tout ce que je possède d'autre, ou tout ce que nous avons en commun. C'est à cause de l'accident, Emily. Les parents du gosse me font un procès et veulent tout ce que je possède."

Emily a hoché la tête, acceptant son explication, mais sans la croire. La vérité, quelle qu'elle soit, détruirait sa vie et celle de ses enfants. Il faudrait donc que la vérité patiente.

"Teddy, je t'en prie, a dit Emily, est-ce que je peux avoir un peu plus de chauffage ? Il fait très frais, ici.

— Excuse-moi", a-t-il répondu en actionnant le bouton du chauffage et en mettant le thermostat à 21 degrés. Cette grande Lincoln grise impressionnait toujours Teddy, alors même qu'il en était propriétaire depuis un an, et il prenait un plaisir particulier à faire fonctionner les systèmes électroniques dont elle était pourvue. Emily aimait cette voiture, elle aussi, et chaque fois qu'elle montait dedans, elle passait le bout de ses doigts avec amour pendant tout le trajet sur les coutures des sièges en cuir souple. C'était une habitude dont elle n'avait pas conscience, mais que son fils avait repérée. Jusque-là, il ne la lui avait pas révélée, parce qu'il savait que s'il lui faisait remarquer ce plaisir elle ne s'y livrerait plus.

Emily a regardé par la vitre de la voiture en direction des grandes maisons blanches en rangs serrés le long de la large avenue bordée d'arbres. "Ça ne s'est pas passé comme tu le dis, Teddy.

L'accident et le reste. Ça n'avait rien à voir avec notre décision de déménager à Somerset. Et il n'y a jamais eu de femme à qui il avait promis le mariage. Ton père n'a pas voulu divorcer d'avec moi, pas même plus tard. C'est moi, qui ai voulu le divorce. En fait, pas vraiment, a-t-elle ajouté. Je l'ai fait à cause de vous, les enfants.

— A cause de nous ? Tu plaisantes, maman.

— Tu sais ce que je veux dire, Teddy. Je t'en prie, mon grand, laisse-moi tranquille. Tout ça, c'est autant d'eau sous les ponts." Elle s'est interrompue et ils ont continué à rouler en silence. "On n'est pas obligés de ramener tout ça après tant d'années, pas vrai ?

— Je veux juste connaître la vérité, a-t-il répondu en dirigeant la voiture dans le parking du restaurant.

— La vérité à propos de quoi ?

— Les liens. La cause et l'effet. J'ai besoin de savoir si le vieux avait une raison, pour nous faire quitter notre maison, notre foyer – si sordide ou égoïste que puisse être cette raison. Ou si c'était juste un caprice. S'il *avait* une raison, si le premier événement, son accident et tout ça, a provoqué le deuxième, alors je pense que je peux lui pardonner. Mais s'il n'avait pas de raison, alors…" Il a éteint le moteur et ouvert sa portière. "Je crois que c'est ce qui m'a terrifié pendant des années, maman. Depuis que ça a eu lieu, j'ai eu peur qu'il l'ait fait sur un coup de tête. Qu'il l'ait fait, non pas parce qu'il y était *obligé*, mais parce qu'il en avait envie ! Si tel est le cas, je ne crois pas que j'irai cracher sur sa tombe, pas vraiment… Mais toi, surtout, tu devrais comprendre comment je me sens. J'aurais sûrement *envie* de cracher sur sa tombe !" S'apercevant que sa mère se débattait une fois de plus avec sa ceinture de sécurité, il a tendu le bras et l'a détachée.

Elle lui a souri comme si elle n'avait pas entendu un mot de ce qu'il disait. "Ils n'en fabriquent pas pour les vieux ?"

Il n'a pas répondu. Ils ont marché côte à côte jusqu'à l'entrée du restaurant, et encore une fois il a déclaré qu'il avait besoin de croire que son père avait arraché la famille au foyer qu'elle aimait pour se protéger de la fureur d'une femme éconduite.

Au moment où ils passaient la porte, Emily a dit : "Non, Teddy, je suis désolée mais ça ne s'est pas du tout passé comme ça."

Il a dit : "La seule façon pour que ces deux choses aient un sens, *moralement* parlant, c'est qu'elles soient cause et effet. Le vieux s'est servi de toi, maman. Il s'est servi de toi, un point c'est tout."

A présent ils partaient. Tandis que Teddy payait l'addition à la caisse, Emily s'avançait seule jusqu'à la voiture. Cette conversation l'avait rendue triste ; depuis des années, elle ne se souvenait pas de s'être sentie aussi triste. A l'époque des faits, elle n'avait pas eu le temps de prendre la mesure de son chagrin : il y avait tant de choses qui se passaient, tant de crises de toutes dimensions. Dans sa poitrine, elle sentait son cœur se transformer sous l'effet de cette tristesse : sa chair se changeait en pierre, il se fossilisait.

Pourquoi, se demandait-elle, Teddy est-il si obsédé, si troublé, par ce déménagement hors du New Hampshire qui s'est produit il y a tant d'années ? Il s'était installé dans une ville qui ressemblait beaucoup à celle qu'ils avaient dû quitter, et il s'était constitué toute une vie nouvelle, ici, presque comme s'il y avait habité et travaillé depuis son enfance. Il en parlait en disant "ma ville", comme s'il y était né. Et il avait acquis une maison qui était à bien des égards une copie de la demeure victorienne qu'ils avaient dû vendre pour acheter cette maison de mauvais goût, façon ranch, à Somerset. Dans sa vie à lui, Teddy avait réparé la fracture.

Mais Emily n'avait rien qui fût aussi beau, aussi fort, et aussi parfaitement à sa place que le village de Teddy et sa maison. Et elle n'aurait jamais rien de tel. Elle n'avait rien qui pût réparer ou remplacer la vie que son mari lui avait volée au cours de cet été lointain où il avait décidé que la vie d'Emily et celle de ses enfants lui appartenaient, à lui. Les enfants, au fil du temps, avaient repris leur vie tous les trois – surtout Teddy. Mais elle avait continué si longtemps sans la sienne qu'elle en avait presque oublié l'existence, jusqu'à ce matin, quand Teddy s'était mis à lui poser des questions. Elle voyait à présent que tout ce qu'elle avait, comme vie, c'était le Foyer, le centre de vie quotidienne assistée Saint-Hubert. Et elle savait que le Foyer ne lui appartenait pas vraiment non plus. Il était à Teddy, pas à elle. Ce qu'il lui infligeait, c'était ce que son père lui avait infligé à lui, sauf qu'il le faisait avec douceur et lenteur ; et la personne à qui il mentait, c'était lui-même.

Teddy est arrivé derrière elle et lui a ouvert la portière. Lorsqu'elle a parlé, elle a tourné la tête pour qu'il ne voie pas ses pleurs. "Tu as raison, Teddy. Au sujet de ton père. Et de cette femme, Brenda quelque chose. Ça s'est passé comme tu l'as dit. Ton père n'a pas agi par caprice, Teddy. Non. Il avait ses raisons."

Il l'a regardée, et il a vu qu'elle pleurait. "Oh, maman, je suis désolé", mais il a compris aussitôt que c'était trop tard. Il avait fait quelque chose qui ne pourrait pas être défait.

Elle lui a tapoté la main. "Tu es un bon garçon, Teddy. Un bon garçon."

LES PLAINES D'ABRAHAM

Même si, à ce moment-là, Vann avait su tout ce qu'il allait apprendre plus tard, il aurait encore parlé de coïncidence, rien de plus. Il avait un esprit compact, à tiroirs, avec juste quelques compartiments reliés entre eux. Il avait été marié trois fois, et à présent il ne l'était pas, mais ce matin il n'arrivait pas à chasser Irène – sa deuxième femme – de son esprit. Il se rasa, s'habilla pour aller au travail, retendit les couvertures et fit glisser le lit sous le canapé, sans arrêter cependant de se battre contre les pensées d'Irène qui l'assaillaient, et auxquelles il réagissait si fort que ses coups allaient se perdre contre des murs et des portes, lui donnant une sensation de déséquilibre et de maladresse. *Penser aux problèmes ne fait que les aggraver*, mais il y avait quelque chose d'étrange dans la façon dont ces bouts épars de souvenirs, d'émotions et de réflexions l'attaquaient – même maintenant, quatre ans après le divorce d'avec Irène, alors qu'entre-temps il avait dressé ce gros contrefort que constituaient un troisième mariage et un divorce. Vann et Irène ne s'étaient plus revus ni parlés en personne une seule fois au cours de ces quatre ans.

C'était une coïncidence, rien de plus, et ça en resterait une même si Vann *avait su* que ce matin-là, un mercredi de novembre, Irène, qui avait quarante-huit ans et presque cinquante kilos de surcharge pondérale, qui souffrait aussi d'une grave maladie coronarienne et qui, normalement, aurait dû être prête à aller au travail, se trouvait en fait à l'hôpital général de Saranac Lake où on la préparait pour une intervention chirurgicale à cœur ouvert. L'opération, qui serait pratiquée par le Dr Carl Ransome, chirurgien vasculaire très réputé, devait consister en un pontage multiple. C'était une opération dangereuse, bien qu'elle ne fût pas inhabituelle, même ici dans les régions du Nord, et si Irène, deux jours auparavant, alors qu'en compagnie de sa fille Frances elle faisait ses courses au supermarché Grand Union de Lake Placid, ne s'était pas effondrée sous la douleur, l'intervention aurait été retardée jusqu'à ce qu'Irène ait perdu une partie considérable de son excédent de poids. A présent, il était trop tard pour cela.

"Oh là là ! avait déclaré le Dr Ransome à l'infirmière de nuit après avoir rendu visite à Irène dans sa chambre pour la première fois. Ça va être comme dépecer une foutue baleine !" L'infirmière avait grimacé et détourné les yeux, tandis que le jeune chirurgien, se mettant à siffloter, s'était éloigné à grands pas dans le couloir.

Vann remuait le café soluble dans sa tasse en se demandant s'il avait jamais encombré les petits matins d'Irène comme elle encombrait les siens. Sans doute que non. Irène était plus dure que lui, c'était une blagueuse avec un gros ventre, et elle n'avait manifesté que du soulagement lorsqu'il l'avait quittée – bien qu'il eût lui-même été presque étonné de ce départ, comme si c'était elle qui l'y avait poussé par ruse.

"Bon débarras, avait-elle coutume de dire à Frances, sa fille. N'épouse jamais un mec du bâtiment, ma jolie. Ce ne sont que des chiens en rut avec des casques de chantier."

Vann n'était pas tout à fait aussi mauvais que cela. C'était une de ces personnes qui se protègent en se divisant. Il considérait l'amour et le travail comme des contraires – il aimait travailler, mais, pour lui, aimer était aussi un travail. Pourtant, avec Irène, ce que Vann comprenait par amour lui était venu facilement, en tout cas au début. Lorsqu'ils s'étaient mariés, Irène et Vann avaient autour de trente-cinq ans ; ils se sentaient seuls et ils étaient encore déséquilibrés par le choc de premiers divorces conflictuels. Pendant quelques années, chacun avait réussi à répondre aux besoins de l'autre presque sans effort. Vann était un homme de petite taille, sec, avec des muscles comme des boutons de porte, et, à l'époque, il avait aimé la carrure d'Irène, sa douce ampleur. Il l'avait considérée comme une femme de grande taille, pas comme quelqu'un de gros. Et elle avait aimé, admiré, même, la précision intense et tranchante de Vann, ses cheveux pâles en brosse courte, son sourire tendu.

Pour faire plaisir à Irène, mais aussi parce que ça l'arrangeait, Vann avait arrêté les chantiers itinérants et, pendant quelque temps, il avait gardé ses outils dans le coffre de sa voiture et travaillé localement. Il avait créé son entreprise de chauffage et de plomberie – il en était l'unique employé – à partir d'un bureau et d'un atelier qu'il avait aménagés dans le sous-sol de la maison d'Irène à Lake Placid. Frances, qui était tout juste adolescente à l'époque, avait mal vécu la présence soudaine, appuyée, massive, de Vann dans la vie et dans la maison de sa mère. Elle restait à l'écart, dans un pensionnat, sauf pendant les vacances et les jours fériés, ce qui convenait d'autant plus à Vann que le premier mari d'Irène payait les frais d'internat.

Irène quitta son travail dans l'agence immobilière pour tenir les comptes de Vann. Mais après quatre ans d'exercice tout juste en équilibre et deux autres dans le rouge, toutes d'affilée, le crédit de Vann auprès de la banque s'épuisa, son affaire fut liquidée, et il repartit sur les routes. Très vite, ses besoins lui apparurent sous un jour différent. Il supposa qu'Irène devait avoir aussi une autre perception des siens. Il savait qu'il l'avait déçue. Il s'accorda deux brèves liaisons amoureuses et Irène en découvrit une. Il lui parla de l'autre. Il buvait beaucoup, peut-être trop, et il y eut quelques passades dont il se souvenait à peine. Celles-là, il les garda pour lui. Un an plus tard, ils étaient divorcés.

Vann avait compris, dès le moment où Irène et lui avaient parlé mariage, que s'il échouait dans sa deuxième tentative de bonheur amoureux et conjugal, il serait obligé de revoir toute sa conception de la vie avec les femmes. Ce serait là sa deuxième et sans doute dernière chance de réussir amour et mariage. Vann le savait. On ne peut pas prendre, en quoi que ce soit, trois fois un nouveau départ dans la vie. Si un homme continue à divorcer et à se remarier, c'est qu'il court après autre chose que l'amour et la vie de famille, c'est qu'il recherche quelque chose de strictement personnel. Vann avait pourtant continué. Et maintenant, en dépit du troisième divorce, ou peut-être à cause de lui, chaque fois qu'il se racontait l'histoire de sa vie, la signification de son deuxième mariage lui restait comme une énigme et comme une irritation persistante. Vann se rappelait ses dix ans avec Irène de la même façon qu'on se rappelle ses années de guerre : c'était le chapitre, dans l'existence qu'il avait menée jusque-là, qui était le plus chargé de lumière et de menaces, un chapitre bien trop imposant pour qu'il puisse l'écarter de sa conscience.

Prenant sa tasse de café, il sortit et resta debout sur la véranda affaissée et branlante du pavillon, examinant avec application la tache rosée dans le ciel à l'est et les rubans de lumière qui ondoyaient sur le petit lac artificiel devant lui. Le lac Flower. *Le lac "fleur" : un nom bizarre, pour un lac.* Il décida que ce serait une belle journée. Et cela lui fit plaisir. Il avait prévu de tester les conduits, aujourd'hui, et il n'avait pas envie de le faire sous une vilaine pluie d'automne qui vous glace les os. Vann était chef de travaux pour Sam Guy, l'entrepreneur chauffagiste de Lake Placid qui effectuait la climatisation et la plomberie de la nouvelle aile de l'hôpital général de Saranac Lake. Demain, si les vérifications d'aujourd'hui se passaient bien – et il n'avait aucune raison de redouter le contraire –, il pourrait allumer le chauffage dans l'aile neuve. Ensuite, ils travailleraient confortablement à l'intérieur.

Il faisait encore sombre – sombre et froid, quelques degrés au-dessous de zéro – lorsqu'il monta dans son break et partit des pavillons de Harbor Hill, au bord du lac Flower, pour rejoindre l'hôpital. Mais, malgré ses efforts méthodiques pour la tenir à l'écart, Irène revenait. Il se rappela les moments où, assis à table pour dîner, ils riaient tous les deux. Elle avait un grand visage très mobile, et elle ne se gênait pas pour le déformer en imitant des imbéciles. Elle avait une langue aussi dure qu'une râpe, et elle nourrissait une aversion particulière pour Sam Guy qui, dès que l'entreprise de Vann avait été liquidée, l'avait engagé pour le renvoyer sur les routes.

"Il a besoin de toi, parce que tout seul il n'est même pas capable de vider la pisse qu'il a dans ses bottes", avait-elle déclaré. Là-dessus, elle avait ôté une de ses bottes, se l'était placée au-dessus de la tête et en avait scruté l'intérieur d'un air perplexe.

Vann n'avait jamais connu de femme aussi drôle. Vers la fin, pourtant, elle avait commencé à tourner son humour contre lui, et, dès lors, il avait cessé de rire des grimaces d'Irène et de ses expressions surprenantes. Il n'avait plus eu comme recours que de claquer la porte en partant tandis qu'elle criait : "Eh bien, va-t'en ! Bon débarras !"

Il prit des virages serrés en montant dans les rues bordées d'arbres. Il franchit les collines à l'ouest de l'étroite bande d'hôtels, de motels, de boutiques et de restaurants qui s'étendait le long du lac, et il entra dans un quartier de petites maisons en bois, souvent divisées en deux appartements. L'éclairage pâle de ses phares rebondissait sur le givre collé comme une peau à des pelouses jaunies, à des vérandas vitrées et à des toits en pente raide. Des filets de fumée grise flottaient au-dessus des cheminées, et, dans les fenêtres, brillaient des lumières de cuisine. *Oh, putain, la vie de famille.* Que Vann considérait, malgré tout, comme la vie normale. *Et un vrai petit déjeuner.* Vann pouvait presque sentir les œufs et le bacon en train de cuire. Des mamans, des papas et des gamins qui démarraient leur journée ensemble : il pouvait entendre leurs voix gaies et ensommeillées.

Vann avait vécu ce genre de matin, mais plus depuis presque quinze ans, maintenant ; et ça lui manquait. A qui est-ce que ça ne manquerait pas ? Tout au début, là-haut à Plattsburgh, quand il était avec sa mère et son père à lui, il avait été l'un des gamins assis à la table. Plus tard, avec Evelyn, sa première femme, et avec les garçons, il avait été le papa. Mais la vie familiale lui avait glissé des mains sans qu'il le remarque, comme si, en fermant les yeux pour boire à une source, il avait perdu l'eau dans le creux de sa main et n'avait pu ensuite imaginer un moyen pour la récupérer. La source avait dû se tarir. Un homme ne peut quand même pas accuser ses mains, pas vrai ?

Au lieu de quoi il avait appris à ramener ses pensées au fait que lorsqu'il n'avait pas encore trente ans, qu'il était marié à Evelyn et que les garçons étaient petits, il n'avait tout simplement pas pris la mesure de sa chance. Rien de plus. Juste après le divorce, Evelyn avait fait un nouveau mariage, heureux et judicieux, et les garçons, Neil et Charlie, qui avaient davantage été élevés par leur beau-père que par Vann, étaient devenus à leur tour de jeunes hommes – à jamais éloignés de lui, du moins le semblait-il. Une carte postale de temps à autre, c'était tout, et parfois un appel téléphonique gêné à l'occasion des fêtes. Bien entendu, aucun signe d'Evelyn – sa femme-enfant, comme il l'appelait –, mais cela lui paraissait dans l'ordre des choses, surtout à mesure que les années passaient.

Selon sa façon de voir, son péché principal, dans la vie, avait été de ne pas apprécier la chance qu'il avait à l'époque où les choses allaient bien. S'il avait su mesurer cette chance, il se serait sans doute comporté autrement. Il avait donc péché par omission. Raisonner ainsi lui paraissait plus pratique et plus honorable que de se vautrer dans le regret. Ça l'aidait à envisager l'avenir. Ça l'avait aidé à épouser Irène. Et ça lui avait facilité son divorce d'avec Inger, sa troisième femme. *La Norvégienne*, voilà comment il l'appelait désormais en son for intérieur.

Au petit supermarché où Broadway devient la route 86, il acheta un quotidien, le *Daily Enterprise*, un café à emporter dans un gobelet, et un autre paquet de Marlboro. Il conduisait un des grands breaks de l'entreprise de Sam Guy, un Jimmy de General Motors flambant neuf, vert pin, trois quarts de tonne. Ce véhicule lui avait été attribué dès sa sortie de chez le concessionnaire, et même s'il aimait laisser croire – ou plutôt se faire croire – que ce pick-up était à lui et pas à son patron, Vann ne l'aurait jamais dit à haute voix. Ce n'était pas son style. Il avait quarante-neuf ans, et il était trop vieux pour raconter qu'il possédait quelque chose qui n'était pas à lui. Et trop honnête.

En outre, il n'avait pas besoin de mentir : il effectuait des versements au concessionnaire Buick de Plattsburgh pour une Riviera noire qui n'avait que deux ans et un faible kilométrage ; il l'avait achetée le printemps précédent pour célébrer son divorce d'avec la Norvégienne. Celle-ci avait obtenu l'entière propriété de la maison qu'il avait construite pour eux deux à Keene Valley, mais elle était aussi tenue de payer l'hypothèque, ce qui consolait un peu Vann. Son versement mensuel pour sa voiture se montait à six dollars de moins que son chèque également mensuel de pension alimentaire, et Vann trouvait cette coïncidence bizarrement satisfaisante et quelque peu comique. Pourtant, lorsqu'il en parlait autour de lui, personne ne trouvait la chose drôle, ni même intéressante – ce qui le laissait perplexe.

La Norvégienne avait gardé sa voiture précédente, une AMC Eagle toute rouillée, et elle pouvait bien l'avoir si elle voulait. La Buick Riviera, elle, était bourrée d'options : une voiture de prestige. Vann était tout content qu'on le voie en train de la conduire, et il espérait que, pendant l'été, la Norvégienne, qui travaillait au service juridique de l'office du parc national des Adirondacks à Ray Brook, l'avait aperçu par hasard une ou deux fois à bord de sa Riviera. Il n'avait pas particulièrement envie de la voir, mais il espérait bien qu'elle l'avait repéré et qu'elle avait remarqué que Vann Moore, ouais, ab-so-lument, se débrouillait comme un chef, merci.

Sur la route 86, à quelques kilomètres à l'ouest de la ville, il tourna à droite à la hauteur du lac Colby, entra dans le parking de l'hôpital, roula jusqu'à l'arrière du bâtiment de trois étages, suivit le bord du terrain défoncé et arriva à la caravane de l'entreprise. Là, il se gara près d'un tas de tuyaux d'acier. De l'extérieur, l'aile neuve, un grand cube conçu de façon à se fondre discrètement dans le reste de l'hôpital, semblait terminée : des murs, un toit, et des fenêtres bien en place, solidement cimentées. En dépit des apparences, pourtant, cette structure n'était guère plus qu'une coquille. Les maçons n'avaient pas encore commencé les murs intérieurs, les plombiers n'avaient posé aucun des équipements ni les conduites d'eau, d'air et d'aspiration qui passaient au-dessus du sol. Les électriciens en étaient encore à tirer leurs lignes dans les plafonds. Les peintres n'avaient même pas encore fait venir leur caravane sur le chantier.

Les conduites de climatisation et de chauffage, en revanche, étaient achevées. Trois jours avant la date prévue. Vann était un bon chef de travaux. Il était monté dans la hiérarchie, du travail de tuyauteur à la journée jusqu'à celui de chef d'équipe et puis de chef de travaux. Ayant eu sa propre entreprise, il savait lire les plans et les cahiers des charges des ingénieurs, et c'est ainsi, quand le temps était mauvais et que tous les autres étaient mis au chômage technique, qu'il pouvait, dans les bureaux de Sam Guy à Lake Placid, établir les devis de nouveaux projets. C'était aussi un bon chef, respecté et aimé de ses hommes. Sam Guy considérait Vann comme son bras droit et n'hésitait nullement à le dire. Il le payait en conséquence. A ceux qui s'étonnaient de la manière de vivre de Vann – et ils n'étaient pas rares –, Sam répondait que si Vann n'avait pas été coincé depuis des années par des pensions alimentaires, et s'il n'avait pas perdu trois maisons – une par femme –, il vivrait très bien de ce qu'il gagnait comme chef de travaux. Il n'en serait pas à louer des meublés et de minables pavillons de vacances toujours vides, il n'en serait pas à courir après le travail d'une ville à l'autre dans tout le Nord. Pour Vann, cependant, c'était l'inverse qui était vrai : s'il n'avait pas couru après le travail, il n'aurait pas divorcé trois fois.

A l'intérieur de l'hôpital, dans la pièce où les médecins se lavent, le Dr Ransome et son assistant de ce matin – le Dr Clark Rabideau, cardiologue de l'hôpital mais aussi médecin d'Irène – discutaient avec le Dr Alan Wheelwright, anesthésiste, des nouvelles directives du gouverneur sur l'environnement. En même temps, ils se lavaient les mains et les bras méthodiquement, avec lenteur.

Leur patiente, Irène Moore, rendue somnolente par les sédatifs, le torse rasé du menton jusqu'au sexe, était sur un brancard à roulettes qu'on poussait dans le long couloir du premier étage, sans fenêtres, de sa chambre jusqu'à la grande salle d'opération tout au bout. A l'intérieur de sa chambre, sa fille Frances, âgée de vingt ans, était seule, assise près de la fenêtre et feuilletait un numéro de *Cosmopolitan*. Frances était une grande fille, large des hanches, en deuxième année à l'université Saint Lawrence. Elle comptait acquérir un diplôme en psychologie. Ses cheveux raides couleur d'ardoise tombaient mollement sur ses épaules. Son visage carré était contracté par l'inquiétude.

Maintenant que sa mère était inconsciente, ou quasiment, Frances se sentait soudain irrémédiablement seule. *Tout ça me dépasse complètement,* se disait-elle, *complètement,* et elle tournait vite les pages les unes après les autres. *Et alors, à quoi est-ce que je devrais penser ? A quoi ?*

Le jour s'était presque levé. Au nord-est, le ciel aplati au-dessus du mont Whiteface était gris pâle. Au sud-est, sur les monts Marcy et Algonquin, un banc de nuages teintés de rose était en train de se désagréger, ce qui annonçait une journée dégagée. Les autres ouvriers convergeaient vers le chantier dans le ronronnement de leurs moteurs : des électriciens, des maçons, des plombiers, des chauffagistes dans leurs voitures et leurs camionnettes personnelles, tandis que les chefs d'équipe et les chefs de travaux arrivaient dans des véhicules de société. Il faisait assez clair pour que Vann, qui fumait et buvait son café à petites gorgées dans son pick-up, pût lire la une de son journal et voir les résultats du football américain. Grâce à quoi il réussit enfin à ne plus penser à Irène.

Il plia son journal et quitta la tiédeur de son véhicule, mais, en se dirigeant vers la caravane, sa clé à la main, il jeta un coup d'œil par-dessus le lac Colby vers le ciel rose du matin, puis plus bas sur la bande sombre des pins, et ce paysage le replongea dans sa rêverie. Il se rappela un après-midi, il y avait de cela quatre ans, peu après le divorce. Il s'occupait des travaux du lycée public d'Elizabethtown et il vivait au motel *Arsenal* situé à la limite de la ville, au bord de la route 9N. Un vendredi, alors qu'il rentrait de son travail, un grand paquet plat l'attendait à la réception.

Vann vit aussitôt qu'il était envoyé par Irène – il reconnut son écriture et l'adresse de l'expéditeur, leur ancienne adresse de Lake Placid. Il porta le paquet dans sa chambre, le posa à plat sur le lit et l'examina un moment. Quelle blague à la noix lui faisait-elle encore ?

Il finit par défaire la boîte et il ôta les couches de papier brun et l'emballage à bulles qui enveloppaient l'objet contenu à l'intérieur. C'était une grande photo avec son cadre. Il la reconnut instantanément, et une bouffée de peur fit cogner son cœur comme s'il venait de mettre au jour une bombe. C'était une photo en couleurs, signée d'un photographe local très connu, spécialiste des paysages des Adirondacks. Il savait qu'elle coûtait très cher. Quelques années auparavant, alors qu'ils étaient encore heureux en ménage, Irène et lui étaient entrés en flânant dans une boutique d'artisanat artistique de Lake Placid, et Vann, levant les yeux vers un tableau accroché au mur, s'était senti happé, comme s'il sautait dans ce tableau et comme s'il pénétrait ainsi dans le rêve de quelqu'un d'autre. Il s'agissait d'une photo qui s'appelait *Les Plaines d'Abraham*. Prise par une journée de fin d'été, le panorama qu'elle offrait passait par-dessus un champ de grandes herbes et de fleurs sauvages pour aller vers le mont Algonquin. A l'avant-plan, un champ doré, large et plat, s'étendait à hauteur des yeux sous le soleil. Une plage sombre d'arbres à la silhouette déchiquetée occupait le centre, tandis que la montagne escarpée, couleur prune, se dressait au loin de toute sa hauteur, avec, derrière elle et au-dessus, un ciel d'un bleu pur et infini.

C'était le premier et le seul tableau que Vann eût jamais désiré posséder. Il demanda à la vendeuse combien il coûtait, se disant qu'il pourrait à la rigueur se fendre de cent dollars.

"Deux mille deux cents dollars", annonça-t-elle.

Il se sentit rougir jusqu'aux oreilles. "C'est pas de la tarte", dit-il en passant très vite aux planches à découper en érable et aux bols en céramique.

Pendant des mois, ensuite, Irène l'avait taquiné là-dessus en imitant sa voix aiguë et grêle, ses lèvres serrées. "C'est pas de la tarte", gazouillait-elle en étudiant une carte de restaurant. Ou, en réfléchissant aux tarifs immobiliers du coin : "C'est pas de la tarte." Mais elle avait vu le regard étrange, distant et douloureux, qui s'était peint sur le visage de son mari alors qu'il contemplait la photo sur le mur de la boutique. Et maintenant, cette photo était là devant lui, comme si elle le regardait depuis son lit, et il était immobile au-dessus d'elle, troublé, apeuré, résistant avec entêtement à un sentiment d'effroi mêlé de respect. Il ne voulait pas davantage vivre avec cette image qu'il ne souhaitait vivre avec la femme qui la lui avait envoyée. Elle lui donnait la sensation d'être envahi, piégé, coupable. La même sensation qu'Irène lui donnait. S'il la gardait, qu'était-il censé faire : écrire à Irène un mot de remerciement ? Ce qu'il *devrait* faire, pensa-t-il, ce serait rapporter la photo à la boutique d'artisanat d'art et empocher les sous. Ça ferait les pieds à Irène.

Il décrocha la grande reproduction d'un cerf à la belle ramure qui pendait au-dessus de son lit, dans cette chambre de motel, et il la remplaça par *Les Plaines d'Abraham*. Puis il recula pour contempler le résultat. C'était comme une fenêtre qui s'ouvrait sur un monde plus vaste et plus accueillant qu'aucun des mondes qu'il avait jamais connus. Non, ce tableau était une affaire trop personnelle entre Irène et lui, conclut-il, une chose trop mystérieuse pour qu'il l'échange contre de l'argent. Il allait le réemballer, le remettre dans sa boîte et le réexpédier à Irène dès demain. Puisqu'elle est si finaude, *elle* saura bien trouver pourquoi elle me l'a envoyé.

Il se leva, enleva ses vêtements de travail et se changea, puis il alla prendre son repas du soir et quelques verres à l'auberge *Ausable* de Keene Valley. Il y avait donné rendez-vous à Inger, la Norvégienne, qu'il n'avait pas encore tout à fait décidé d'épouser même s'il dormait avec elle trois ou quatre nuits par semaine. Il ne rentra pas au motel avant le milieu de la journée du lendemain – un samedi –, et comme il avait un peu la gueule de bois, l'esprit brouillé par ses prouesses sexuelles et le manque de sommeil, il ne pensait plus du tout au tableau. Mais quand il entra dans la petite pièce et qu'il vit la photo accrochée au-dessus de son lit, tout lui revint. Il s'assit sur une chaise en face d'elle et ses yeux se remplirent de larmes. Il n'arrivait pas à croire qu'il pleurait pour de vrai. Et il pleurait sur quoi ? Sur une photo beaucoup trop chère d'un *paysage* ? Sur un *divorce* à la con ? Sur une *ex-femme* ?

Il décrocha *Les Plaines d'Abraham* et réinstalla la reproduction du cerf. Il emballa la photo avec soin, la replaça dans sa boîte, puis il mit la boîte dans la penderie où elle resta plus ou moins oubliée pendant tout l'été. Lorsque les travaux du lycée furent terminés et que Vann alla quelque cent kilomètres plus au sud, à Glens Falls où on construisait une galerie marchande, il emporta la photo et la fourra au fond de la penderie de sa nouvelle chambre de motel. Aujourd'hui, il était encore en possession du tableau, même si celui-ci demeurait dans sa boîte et la boîte dans une penderie sans que Vann s'en avise jamais, sauf quand un chantier était terminé et qu'il faisait ses bagages pour se rendre sur le suivant. Alors il sortait la boîte et, assis sur son lit, il examinait l'étiquette collée par Irène pour la poste, comme si cela pouvait, d'une façon ou d'une autre, lui révéler pourquoi il semblait incapable de se débarrasser de ce machin.

Aux yeux d'Irène, dont le corps et l'esprit étaient alourdis par les sédatifs, le carrelage bleu délavé des murs du bloc opératoire semblait presque doux, comme recouvert de tissu éponge. La table d'opération, en forme de croix, était au milieu de la pièce, sous des rangées de lumières blanches. Irène sentit une infirmière et les deux aides-soignants qui l'avaient emmenée là dégager son corps du chariot. Se mettant côte à côte, ils la firent glisser doucement sur la table. Son corps lui donnait une sensation de beurre froid. Elle pouvait voir ce qui se passait, mais elle avait l'impression que ça avait lieu ailleurs, dans une autre pièce au-delà d'une paroi de verre, et que ça touchait quelqu'un d'autre. On lui étendit les bras et on les attacha à la table tandis qu'un long rideau bleu foncé venait cacher les parties inférieures et supérieures de son corps, ne laissant exposé que son énorme tronc.

"On y va, Dale", dit l'un des aides-soignants, et Irène entendit les roues grinçantes du chariot et le glissement de la porte qui se refermait.

Caché derrière elle, Alan Wheelwright, l'anesthésiste en tunique et calotte de coton bleu, avec un masque chirurgical blanc, se tenait debout à l'extrémité de la table où il préparait des sachets de sang pour une transfusion. L'infirmière, dont les yeux verts tachetés paraissaient sans expression au-dessus de son masque, badigeonnait le ventre d'Irène avec un antiseptique orange ; elle en recouvrait la masse de son corps des hanches jusqu'à la gorge, du dos jusqu'au ventre, en fredonnant comme si elle était seule chez elle à se vernir les ongles des pieds. Ensuite, elle introduisit dans chacun des deux bras blancs, épais et crayeux d'Irène, une sonde pour une perfusion intraveineuse.

Irène vit un visage d'homme, et elle le reconnut malgré le masque : c'était celui du Dr Rabideau. Près de lui se tenait un autre homme, plus grand, avec des sourcils broussailleux et blancs. Elle ne le reconnut pas, mais elle eut l'impression qu'elle aurait dû. Il y avait d'autres infirmières, à présent, et soudain la pièce lui parut petite, pleine de monde. Un homme éclata de rire, vraiment content. Quelqu'un chanta : *Je fais des bulles pour toujours.*

Elle se demanda où se trouvait Vann, dans cette pièce. Peut-être était-il une de ces personnes masquées. Elle regarda les yeux ; elle connaissait les yeux de Vann. Ses propres paupières lui semblaient être des membranes semi-transparentes qui se refermaient les unes sur les autres en couches successives. En cillant, elle déposait une pellicule ; puis une autre. Elle se demanda s'il y avait déjà longtemps qu'elle avait les yeux fermés.

Ce qui nous attend là, les gars, c'est pas de la rigolade.

Les yeux de Vann étaient bleu saphir, et ils avaient des rides au coin, même quand il ne souriait pas, comme maintenant.

Prépare les rétracteurs, Dale. On décolle.

Vann était dans le sous-sol de l'aile neuve. Un immense espace froid, ouvert au vent, encombré de parpaings, de rouleaux de fibre isolante rose encore inutilisés, et de tas de tuyaux. Il dut s'y reprendre à plusieurs fois, mais il finit par faire tourner comme il fallait le compresseur Briggs & Stratton, un appareil qui marchait à l'essence. La pompe était reliée aux conduits du plafond par un robinet-vanne de dix-neuf millimètres muni d'un manomètre que Vann avait installé uniquement pour procéder au test. Avec lui, il y avait un jeune pour l'aider : Tommy Farr. Mais Vann réalisait lui-même les raccords, demandant à Tommy de lui passer ce dont il avait besoin : colliers de serrage, tournevis, pâte à joints, clé anglaise. Ses mains nues étaient rouges et raides de froid. Vann n'aimait pas travailler avec des gants.

Le reste de son équipe était réparti dans le rez-de-chaussée et le premier étage de l'aile, occupé à installer des appareils sanitaires dans les toilettes et à faire fonctionner les conduits d'oxygène et d'aspiration. Les tôliers avaient été envoyés sur un nouveau chantier, celui d'un supermarché dans une petite galerie marchande de Tupper Lake. Vann s'était dit que s'il y avait des éclatements ou des blocages dans les conduits, il saurait les repérer et les réparer avec la seule aide de Tommy. Il n'était pas inquiet. C'était un test de routine, auquel il procédait, et la pression était assez basse, ne dépassant pas 1,75 kilo par centimètre carré. Ce n'était pas comme si les tuyaux allaient transporter de l'eau. Rien que de l'air chauffé par la grande chaudière sombre qui, posée dans un angle obscur de ce sous-sol, attendait d'être mise en route ; et de l'air frais venant des climatiseurs dans leurs caisses, posés sur le toit par une grue la semaine précédente.

"Allons-y, Tommy", dit Vann en s'éloignant du robinet-vanne. Il tendit la clé au jeune garçon tout maigre. "A toi l'honneur." Vann alluma une cigarette, la serra entre ses lèvres, aspira profondément et enfonça ses mains rouges de froid dans les poches de son blouson.

"J'ouvre le machin ?

— En grand ! Quand tu arrives à 1,75 kilo sur le manomètre, tu refermes."

Le garçon se mit à genoux et, d'une seule grande main, il ouvrit lentement la vanne en laissant passer un jet d'air comprimé dans le tuyau menant à l'autre robinet-vanne fileté, soudé au conduit de métal directement au-dessus d'eux. Ce conduit, qui partait de la chaudière froide derrière eux, rejoignait des bifurcations compliquées dans les canalisations du sous-sol, et celles-ci, à leur tour, se divisaient en tuyaux plus petits qui traversaient le plafond en béton armé pour atteindre les niveaux supérieurs. A chaque étage, les conduits se divisaient encore et serpentaient entre des cloisons qui n'étaient pas encore montées et dans les plafonds des nouvelles salles et des couloirs. Ces conduits, soigneusement pourvus de volets pour les obturer ou pour dévier l'air aux endroits où ils s'ouvraient, où ils changeaient de direction, où ils formaient des tés et des culottes, finissaient par quitter l'aile neuve pour se relier au réseau du vieil hôpital qui faisait circuler un air chauffé par la chaudière démodée mais toujours efficace du sous-sol de l'aile principale. Cette vieille chaudière alimentait cent cinquante chambres à un ou deux lits, les différentes unités de soins, les pièces où les chirurgiens se lavaient et s'habillaient, le centre de kinésithérapie, les blocs opératoires, le service des urgences, la maternité et la salle des nouveau-nés, ainsi que toutes les toilettes, grandes ou petites, publiques ou privées, les placards des agents de nettoyage, les cuisines, les salles à manger, les postes de garde des infirmières, le central informatique, les laboratoires, les bureaux de la facturation, les bureaux administratifs, la boutique de cadeaux et de fleurs (fermée à cette heure matinale), les salles d'attente pratiquement vides et même le grand hall d'entrée avec sa façade de verre, où Frances, la fille d'Irène Moore, passait en ce moment à pas lents, avec l'intention de descendre les marches menant au parking. Frances comptait se rendre en ville pour chercher un petit cadeau avec lequel elle accueillerait sa mère à son réveil – quelque chose de bébête et de sentimental, comme un ours en peluche que sa mère ferait semblant de détester comme toujours, mais Frances savait que sa maman mettrait le cadeau dans un tiroir secret où elle pourrait le prendre et le regarder chaque fois qu'elle voudrait à nouveau mesurer à quel point sa fille l'aimait.

Quelque chose se passait mal. Le premier signe en fut une bouffée d'air frais accompagnée d'un panache de cendres grises – sans doute des cendres de cigarette – qui sortit d'une bouche de soufflage dans la cafétéria du rez-de-chaussée de l'aile ancienne. Un des hommes chargés du nettoyage s'appuya sur son balai à franges et, avec une certaine irritation, regarda la poudre grise descendre sur le sol qu'il venait de laver.

Dans un laboratoire du premier étage, des bouts de saleté tombèrent de la bouche à induction au plafond pour se poser sur la tête et les épaules d'une technicienne éberluée qui bondit de son siège pour scruter la bouche un long moment. Lorsqu'elle constata qu'il n'en sortait plus de débris, elle se rassit et se remit à classer des échantillons d'urine.

Puis, dans un couloir après l'autre, dans la maternité et plusieurs des chambres privées, aux trois étages de l'hôpital, les infirmières, les médecins, le personnel d'entretien et même quelques patients commencèrent à voir de minuscules bouts de papier, des cendres, des fragments de matériau isolant rose, de la limaille de divers métaux, de la sciure de bois et de petits morceaux de saleté impossibles à identifier qui voletaient, en provenance des bouches d'aération aux murs et au plafond, qui flottaient dans l'air et se déposaient sur les draps, les oreillers, les appareils à stériliser, les plans de travail en inox, les ordinateurs, les bureaux, les outils et les appareils de toutes sortes jusque-là impeccables, qui venaient saupoudrer les coiffures, les protège-têtes des infirmières, leurs uniformes amidonnés et blancs, et qui tombaient même sur les plateaux des petits déjeuners. Les infirmières, les médecins, les administrateurs et les autres catégories de personnel arpentaient les couloirs, passaient des coups de fil pour localiser la cause de cette invasion de débris volants. Des aides-soignants s'étaient munis de draps et de couvertures, et ils en recouvraient les nouveau-nés dans la pouponnière et les nouvelles mères dans la maternité en hurlant des ordres et en se lançant mutuellement des questions furieuses tandis que les patients faisaient retentir leurs sonnettes d'alarme et criaient à l'aide tout en chassant de la main les bouts de saleté et de poussière qui se déposaient sur leur visage, leurs pansements, leurs plâtres et leur literie. Les patients qui pouvaient se déplacer sortaient de leur chambre ou des divers services en courant, en boitant, ou en s'activant sur leur fauteuil roulant. Ils surgissaient dans les couloirs et dans les postes de garde des infirmières en exigeant de savoir ce qui se passait. Y avait-il eu une explosion ? S'agissait-il d'un incendie ?

Dans le bloc opératoire, le Dr Rabideau cria : *Refermez-la ! Bon sang, refermez-la et sortons-la d'ici !*

Dans le sous-sol glacial de l'aile neuve, Vann, debout, éclairé par une seule ampoule, restait perplexe devant le manomètre du compresseur. Il écrasa sa cigarette sur le sol en ciment.

"Il ne maintient plus la pression, plus du tout, dit-il à Tommy Farr. Il y a quelque chose d'ouvert qui ne devrait pas l'être. Ou alors on s'est payé un sacré éclatement quelque part." Il leva le bras et arrêta l'arrivée de l'air dans le conduit principal. Il éteignit le moteur du compresseur et le sous-sol redevint tout à coup silencieux.

"Comment est-ce qu'on va savoir ce qui est ouvert ? demanda Tommy.

— Il faut vérifier tout ce qui doit être fermé. L'un de vous a dû oublier de remettre le bouchon d'une des ouvertures.

— Hé, pas moi ! Je suis pas un tôlier. Moi, j'étais dans la caravane à compter les raccords tout vendredi.

— Je sais, je sais : Je cherche juste quelqu'un à accuser", dit Vann en souriant. Il envoya une tape sur l'épaule du garçon. "Viens, on va prendre les plans dans la caravane. On va passer de pièce en pièce et on vérifiera toutes les bouches jusqu'à ce qu'on trouve l'obturateur manquant. On le remettra et on essaiera de nouveau."

Vann avait accompli son travail selon les règles, et ses hommes avaient agi de même. Il ne pouvait pas savoir ce qui s'était passé au-delà de l'épais mur coupe-feu séparant l'aile neuve de l'ancienne ; il ne pouvait pas savoir que là-bas, quand il avait enfin arrêté son compresseur, les débris avaient cessé aussitôt de tomber. Et il ne pouvait pas savoir que quelques secondes après que les Dr Ransome, Rabideau et Wheelwright, pris de panique, avaient refermé leurs incisions et fait rapidement sortir Irène du bloc opératoire, son ex-femme avait subi un arrêt cardiaque dans la salle de réveil. On avait réussi à faire repartir son cœur et la pression artérielle était revenue, mais une embolie s'était produite dans sa carotide gauche et l'obstruction avait commencé à remonter vers le cou. Peu après midi, un vaisseau sanguin avait éclaté dans son cerveau, entre le lobe temporal et le lobe pariétal gauches. Victime d'une apoplexie massive, Irène Moore était aussitôt tombée dans le coma.

Le seul chirurgien capable d'ôter le caillot de sang dans le cerveau d'Irène arrivait de Pittsburgh en voiture. On espérait que le bloc opératoire serait nettoyé et prêt à le recevoir en fin d'après-midi. Mais étant donné le problème cardiaque d'Irène et le traumatisme que lui avait infligé l'intervention interrompue de ce matin, étant donné aussi la probabilité d'autres embolies, la nécessité d'anticoagulants et l'apoplexie, "Je suis désolé, mais le pronostic n'est pas bon", avait déclaré à Frances le Dr Rabideau.

Elle ne savait pas où se tourner pour trouver un conseil ou un peu de réconfort. Sa mère n'avait plus qu'elle au monde pour l'aimer, et, à part sa mère, elle n'avait plus personne au monde pour l'aimer. Le père de Frances – le premier mari d'Irène, parti depuis longtemps – avait une nouvelle vie en Californie avec une nouvelle femme et de nouveaux enfants. Vann, le deuxième mari d'Irène, avait lui aussi sa nouvelle vie – du moins Frances le supposait-elle. De toute façon, Frances et lui ne s'étaient jamais beaucoup appréciés.

Peu après le déjeuner, le directeur de l'entretien de l'hôpital trouva Vann au premier étage de l'aile neuve en train de suivre avec Tommy Farr le tracé des gaines du plafond. Ce directeur, Fred Noelle, avait autour de soixante-cinq ans et travaillait dans cet hôpital depuis sa sortie du lycée. Il connaissait chaque centimètre carré du vieux bâtiment, chaque robinet, interrupteur, pompe ou raccord, et ses connaissances avaient été particulièrement utiles au moment où on avait conçu les plans de la nouvelle construction. Prudemment, Fred demanda à Vann si par hasard, ce matin, il n'avait pas tenté de brancher les conduits de chauffage et de ventilation de l'aile neuve sur le circuit de l'aile ancienne. Disons, s'il ne les avait pas reliés et essayé de les faire fonctionner ensemble. Fred savait qu'il y aurait des procès. Beaucoup d'accusations et de dénis.

"No-on, dit Vann. Pourquoi ? Vous avez des problèmes, de l'autre côté ?

— Si on a des problèmes ? Oui, on peut le dire. On va nettoyer les lieux pendant le reste de l'année." C'était un homme au front dégarni, trapu, avec un visage de bull-terrier. Il avait l'air très soucieux.

"Qu'est-ce qui s'est passé ?" lui demanda Vann.

Fred le lui expliqua. "Il y a des saletés qui sont tombées sur les patients, dans les labos, partout. Même dans le bloc opératoire."

Vann resta silencieux. Puis il s'exprima d'une voix lente et nette, s'adressant ostensiblement au garçon mais parlant en réalité pour Fred Noelle. "Ça peut pas être nous. Il y a des écrans entre les deux circuits, des séparations, et on ne les enlèvera pas avant d'avoir tout installé, tout bien ventilé et bien équilibré, avant que tout soit propre et prêt à fonctionner. C'est à ce moment-là que nous nous brancherons avec le circuit ancien. Et ça ne sera pas avant l'été prochain", déclara-t-il en élevant la voix. Il savait qu'il disait la vérité. Il savait aussi qu'il se trompait totalement.

Quelque part, pour une raison inconnue, un des volets de séparation entre les deux circuits

116

n'avait pas été posé par ses hommes, ou alors, ce volet avait été oublié par l'ingénieur qui avait conçu le système pour l'architecte. Dans un cas comme dans l'autre, Vann savait que c'était lui qui était en faute. Ce matin, avant de faire démarrer le compresseur, même s'il n'y avait qu'un risque infime qu'un des tôliers se soit trompé, il aurait dû inspecter les volets séparateurs, absolument tous. Personne ne le faisait jamais, mais il aurait dû.

Il posa le plan sur le plancher, et se mit à quatre pattes pour l'examiner. "Vous voyez, dit-il à Fred. Regardez bien ici. Une séparation. Et là. Une séparation. Et là", ajouta-t-il en montrant du doigt chacun des endroits où les gaines traversaient le mur épais entre les deux ailes de l'hôpital.

Mais c'est alors qu'il le vit. Pas d'obturateur. L'ingénieur avait commis une erreur terrible, et Vann, au moment où les conduits avaient été posés, ne l'avait pas repérée.

Fred se baissa près de lui et s'en aperçut à son tour. "Oh oh", dit-il en posant le bout de son doigt à l'endroit où aurait dû figurer une barrière et où, au lieu de cela, le dessin montrait un gros conduit passant à travers le mur extérieur et se reliant directement au système de chauffage et de ventilation de l'hôpital. En droite ligne.

Tommy s'accroupit de l'autre côté de Vann et fronça les sourcils en examinant le schéma. "C'est mauvais ça, hein, Vann ?"

Vann suivit Fred Noelle à l'extérieur du nouveau bâtiment. Ils traversèrent le parking et pénétrèrent dans l'hôpital par l'entrée principale. Ils allèrent tout droit dans le grand bureau moquetté du Dr Christian Snyder, directeur de l'hôpital. Fred fit les présentations, et le Dr Snyder se leva pour serrer fermement la main de Vann.

"Il semble qu'on ait résolu l'affaire", dit Fred. Le Dr Snyder était un homme efficace et tranchant, en début de quarantaine, avec des cheveux blonds auxquels il avait fait un brushing. Il portait un costume sombre à rayures et, aux yeux de Vann, il ressemblait plus à un avocat du Sud de l'Etat qu'à un médecin. Fred déroula le plan sur le grand bureau en acajou du Dr Snyder, et les trois hommes, côte à côte, l'examinèrent ensemble tandis que Fred décrivait le test effectué par Vann : il aurait dû bien se passer, mais il était allé de travers.

"Vous êtes le sous-traitant pour la tôlerie ? demanda le Dr Snyder à Vann.

— Non, non. Je suis le chef de travaux pour lui. Le sous-traitant, c'est Sam Guy.

— Je vois. Mais vous êtes le responsable de l'installation ?

— Eh bien, oui. Mais je ne fais que suivre les plans, le schéma.

— Bien sûr. Et ce matin, vous avez vérifié le nouveau réseau de conduits, vous avez envoyé de l'air sous pression dedans, c'est ça ?

— Oui, mais je ne me rendais pas compte que…"

Le Dr Snyder l'interrompit. "Je comprends." Il fit le tour du bureau, s'assit lourdement, prit un crayon et s'en donna des petits coups sur les dents. "Fred, est-ce que vous pouvez venir à une réunion ici, ce soir ? Disons, à dix-neuf heures trente ?"

Fred répondit bien sûr, et le Dr Snyder tendit le bras vers son téléphone. Vann prit le plan et commença à le rouler. "S'il vous plaît, laissez cela ici", lui dit le Dr Snyder, et il se mit à parler à sa secrétaire. "Célia, pour la réunion avec Baumbach, Beech et Warren, Fred Noelle, responsable de l'entretien, se joindra à nous."

Il leva les yeux vers Vann, comme s'il était étonné de le voir encore là, debout. "Vous pouvez partir, si vous voulez. Merci de votre aide. Nous restons en contact", dit-il à Vann en revenant à son téléphone.

Seul dans l'entrée, Vann sortit une cigarette et la porta à sa bouche.

"Monsieur, il est interdit de fumer !" lui aboya la réceptionniste. Il replongea la cigarette dans le paquet et se dirigea vers la porte.

Sur les marches, il s'arrêta, alluma sa cigarette et regarda, de l'autre côté de la route, le lac Colby avec les pins et les collines au-delà. Une brise rude et froide soufflait du lac, et la nuit commençait à tomber. Vann jeta un coup d'œil à sa montre. Trois heures trente-cinq. Sur sa gauche, il vit une femme qui lui tournait le dos, qui fumait, elle aussi, en contemplant le paysage. Vann n'arrivait pas à se rappeler depuis quand il avait fait quelque chose d'aussi épouvantable. En tout cas, pas au travail. Dans la vie, d'accord – il avait gâché sa vie, il l'avait gâchée de plein de manières, comme la plupart des gens. Mais merde, pas au travail.

La femme jeta sa cigarette dans le parking en contrebas et, au moment où elle se retournait pour rentrer, Vann la reconnut : Frances, la fille de son ex-femme. Il se rendit compte qu'il était content de la voir, et les mots sortirent tout seuls : "Hé, Frances ! Qu'est-ce que tu fais là ?" Elle tressaillit, et lorsqu'elle leva les yeux vers lui, il s'aperçut qu'elle pleurait. "Oh, qu'est-ce qu'il y a ? Qu'est-ce qui s'est passé ?" demanda-t-il en s'avançant d'un pas vers elle. Elle était plus grande que dans son souvenir, elle le dépassait de plusieurs centimètres, et elle était aussi plus

119

lourde. Elle avait le visage rouge et gonflé, mouillé de pleurs. "C'est ta maman ?"

Elle fit oui de la tête, comme un enfant, et il tendit les bras vers elle. Elle garda les siens bien droits contre son corps, mais elle laissa Vann l'attirer près de lui. Il était tout ce qu'elle avait ; il faudrait bien qu'il suffise.

"Viens à l'intérieur, mon petit, et raconte-moi ce qui est arrivé." Et, un bras passé autour d'elle, il la reconduisit dans le hall d'entrée où ils prirent place sur un des canapés couleur sable près de la fenêtre. "C'est bête, dit-il, je n'ai pas de mouchoir.

— Ça ne fait rien, j'en ai en papier." Elle sortit un Kleenex froissé de son sac et s'essuya les joues.

"Bon, Frances, dis-moi ce qui s'est passé. Qu'est-ce qu'il arrive à ta maman ?"

Elle hésita une seconde. Puis, après avoir pris une grande respiration, elle dit : "Je comprends pas. Elle est dans le coma. Elle est entrée ce matin pour une opération à cœur ouvert, et puis il s'est passé quelque chose, il y a eu un problème et on a dû la ressortir au milieu de l'opération.

— Oh, dit Vann. Oh là là." Il baissa la tête. Il mit ses mains sur son visage et ferma les yeux derrière elles.

"Il y a eu des complications. Elle a fait une attaque d'apoplexie. Les médecins ne croient pas qu'elle va s'en sortir", dit-elle. Et elle se remit à pleurer.

Vann ôta les mains de son visage et resta là à fixer le sol. La moquette beige était décorée par des lignes formant des rectangles orange et vert foncé. Vann laissa son regard suivre le chevauchement de ces lignes de ses pieds jusqu'au centre de la salle et de nouveau jusqu'à ses pieds.

Son regard allait et venait, repartait et revenait. Il y avait six ou huit autres personnes assises sur les canapés et les fauteuils répartis dans le hall ; elles lisaient des magazines ou se parlaient doucement, attendant des nouvelles de leur père ou de leur mère, de leur mari ou de leur femme, ou encore de leur enfant dans une des salles au-dessus.

"Tu penses que je pourrais aller la voir ? demanda-t-il à voix basse.

— Je ne crois pas. Elle est en unité de soins intensifs. Elle ne se rendra même pas compte de ta présence. Je l'ai vue il y a un petit moment, et elle n'a même pas réalisé que c'était moi, dans la pièce."

Lentement, Vann se mit debout et s'éloigna de Frances en direction de la réceptionniste près de l'ascenseur. Il voulait voir Irène. Il arrivait à se le dire. Peu lui importait qu'elle sache s'il était là ou pas, il fallait qu'il la voie. Il avait besoin de se remplir l'esprit de sa présence concrète, physique. Il n'était plus question de souvenirs imprécis, de sentiments confus de culpabilité pour des actes commis et pour d'autres qu'il avait omis, de blessures vaguement conscientes et de ressentiment. Trop tard, pour tout cela. Il fallait qu'il voie l'existence littérale d'Irène, dans l'ici et le maintenant, et qu'il prenne en pleine figure les pensées et les sentiments qui lui viendraient alors, si terribles fussent-ils.

"Il faut que je voie ma femme, dit-il à la réceptionniste. Elle est en soins intensifs."

La femme le regarda par-dessus ses lunettes d'écaille. "Qui est votre femme ?

— Irène. Irène Moore."

Il signa le registre que la femme poussa vers lui, et il fonça vers l'ascenseur. "Troisième étage", dit la réceptionniste. Il entra dans l'ascenseur et, en se retournant, vit Frances, assise de l'autre côté du hall, qui le regardait d'un air abattu. Puis la porte coulissa et se ferma.

Au poste de garde devant l'unité de soins intensifs, une infirmière âgée lui indiqua du doigt un couloir menant à une porte fermée. "Deuxième lit à droite. Vous ne pouvez pas la manquer, elle est toute seule."

La chambre était sombre, sans fenêtre, éclairée par une seule lampe murale au-dessus du lit. Le corps d'Irène était très volumineux : il remplissait le lit. Vann ne se souvenait pas d'elle comme étant si grosse. Brusquement, elle lui donnait le sentiment d'être petit, rabougri, fragile. Il y avait des supports de perfusion, des réservoirs d'oxygène et des tuyaux qui serpentaient, entraient et sortaient de son corps. Plusieurs fils noirs, épais, la reliaient à des machines de la taille d'une commode qui clignotaient et bourdonnaient, mesurant sa pression artérielle, son rythme cardiaque et sa respiration.

Il resta longtemps au pied du lit à regarder, à travers l'enchevêtrement de tuyaux et de fils, le corps vaste et rond de son ex-femme. Un drap la couvrait jusqu'au cou. Ses bras épais reposaient, blancs et mous, sur le drap. Un tuyau laissait s'écouler goutte à goutte un liquide transparent dans une des veines d'un poignet. A l'autre poignet, elle portait un bracelet d'identité en plastique.

Pas d'alliance, remarqua-t-il. Il regarda sa propre main gauche. Pas d'alliance non plus. *Irène, tu es celle que j'aimais.* Il se dit les mots à lui-même, en silence, sans hésiter. *Et c'est seulement maintenant que je t'aime. Et, bon sang, regarde ce que je t'ai fait avant que je puisse t'aimer.*

Cet amour, maintenant, qu'est-ce qu'il vaut ?
Je me le demande. Qu'est-ce qu'il vaut pour toi,
pour moi ou pour quelqu'un d'autre ?

Il sentit un grand vent lui souffler dessus, et il dut s'accrocher au cadre du lit en métal pour ne pas partir en arrière en titubant. Le vent était tiède, comme une immense respiration, une exhalaison, et bien qu'il le fouettât violemment, Vann n'en avait pas peur. Il se tourna de côté et s'avança le long du lit. Le vent se calma et Vann se retrouva à regarder le visage d'Irène au-dessous de lui. Elle avait un tuyau dans sa bouche entrouverte et un autre dans une narine. Ses yeux étaient fermés. Quelque part, derrière son visage, Irène était recroquevillée sur elle-même comme une enfant, toute nue, blottie dans l'obscurité, seule, et elle attendait.

Vann glissa ses mains dans les poches de son blouson et, debout, les pieds écartés, il regarda la femme qu'il n'avait été capable d'aimer qu'un moment. Il resta là longtemps, longtemps après avoir cessé de l'aimer, jusqu'à ce qu'il ne lui reste plus que le souvenir de cet amour. Puis il se détourna d'elle.

Lorsqu'il émergea de l'ascenseur dans le hall, il chercha rapidement Frances des yeux et la trouva assise dans un coin éloigné de la pièce, affaissée dans un fauteuil, sa tête sur son bras, les yeux fermés, comme endormie. Il prit place à côté d'elle, et elle ouvrit les paupières en cillant beaucoup.

"Tu l'as vue ? lui demanda Frances.

— Oui. Oui. Je l'ai vue.

— Elle n'a pas eu conscience que tu étais là, pas vrai ?

— Non, non. Mais ça ne fait rien.

— Où est-ce que tu vas, Vann ? En sortant d'ici.

— Eh bien, j'sais pas. Je me suis dit que j'attendrais peut-être ici, Frances, que je te tiendrais compagnie. Sauf si ça t'embête."

La fille ne lui répondit pas. Ils savaient tous deux qu'Irène allait mourir, probablement avant la fin de la nuit. Tel un père, Vann allait attendre ici avec elle et il allait aider la fille à supporter la mort de sa mère. Il pensa à la grande photo dans son cadre qu'Irène lui avait envoyée et qu'il avait trimballée avec lui au cours des dernières années, d'un chantier à l'autre, en se demandant ce qu'il allait en faire. *Les Plaines d'Abraham : c'était quoi, ce nom, finalement ? La photo représentait une montagne.* Peut-être la donnerait-il à Frances. Il la lui offrirait en lui disant que sa mère l'avait achetée pour lui il y avait plusieurs années de cela parce qu'elle avait vu que c'était une photo qu'il aimait. Il ajouterait qu'il espérait que Frances l'aimerait assez pour la suspendre à un endroit où elle la verrait tous les jours, et où il pourrait aussi la voir quelquefois, si elle l'y autorisait.

Les gens qui entraient dans le hall enlevaient d'un geste la neige qui s'était déposée sur leurs épaules et sur leurs chapeaux. Par la fenêtre, Vann regarda le parking et le lac. Il neigeait depuis un moment, et les voitures garées étaient recouvertes d'un linceul blanc et poudreux. Sam Guy allait le mettre à la porte, il n'avait aucun doute là-dessus, et ils auraient tous les deux de la chance, Vann comme Sam, si personne ne leur intentait de procès. Vann recommencerait à travailler dans le coin avec ses outils dans sa voiture, comme à l'époque où il avait épousé Irène.

Et voilà que maintenant il était de retour après son travail sur les routes, peut-être trop tard pour rendre qui que ce soit heureux, mais il était quand même là, et il faisait de son mieux.

JUSTE UNE VACHE

Nous vivions sur les hauteurs de Spruce Hill, dans le mobile home double que nous occupions déjà avant d'être mariés, avant même d'avoir des enfants. Cette nuit-là, en août dernier, Larry et moi rentrions à la maison après une soirée au *Spread* : on n'était pas biturés, mais assez imbibés quand même, on pourrait dire éméchés, je suppose, ce qui était pour nous, à cette période, un état plutôt habituel. Ça ne fait pas tout à fait un an, et je me rends compte que je pourrais repiquer instantanément si je ne me surveillais pas. Quant à Larry, je ne peux rien en dire. Plus maintenant. S'il boit, à présent, c'est son problème ; et si je bois, c'est le mien.

Alors, on tourne dans l'allée, c'est Larry qui est au volant de la vieille Ford Taurus – un vrai tas de rouille –, et je suis là à me délecter du paysage, pour ainsi dire, parce qu'on est presque à la pleine lune et que les bois, les champs, les toits des maisons et des granges sont tous recouverts d'une lumière argentée qui fait penser à du givre, lorsque Larry s'exclame : "Merde, la vache s'est tirée !" Ce n'était pas une mince affaire, et d'ailleurs ça nous était déjà arrivé un bon nombre de fois, surtout avec cette vache-là. Nous faisons toute notre viande nous-mêmes : nous élevons et abattons les bêtes. Ou

127

plutôt, c'était comme ça alors. Il y a des ours, là-haut à Spruce Hill, et des chiens sauvages : je ne souhaitais pas particulièrement les voir manger notre vache avant nous. De plus, une vache peut se fourrer toute seule dans toutes sortes de pétrins : elle peut se casser une patte contre une vieille clôture, tomber dans un puits ou une carrière découverte, et quand vous arrivez à la retrouver elle est déjà morte, pourrie et inutilisable comme viande.

C'était pas une vache de grande distinction, une Hereford ou une Black Angus, juste une vache, quoi. Mais elle avait de l'importance pour nous parce que nous n'avions jamais beaucoup de rentrées d'argent, sauf l'été, quand Larry pouvait trouver une maison à repeindre ou tombait sur un petit boulot grâce à l'industrie du tourisme, ou grâce à des gens venus passer l'été, ou ce genre de choses. L'hiver venu, cette vache, c'était de quoi manger dans les assiettes, pour les gosses et pour nous. Des protéines, voilà comment je la voyais, et par conséquent, comme nous n'en élevions qu'une à la fois, j'appelais toutes mes vaches "Protéine". Pour ne pas trop m'attacher à elles. Et aussi, comme je l'expliquais aux enfants, pour ne pas oublier la raison de leur existence.

Pourtant, ça ne marchait pas vraiment pour les gamins. Ils finissaient toujours par considérer la vache à peu près comme un membre de la famille. Pour eux, Protéine était un mot comme un autre qui pouvait devenir un nom propre aussi facilement que Roussette ou Elsie. Ou même que mon nom à moi, voire celui de Larry. Pour cette raison, nous abattions nos bêtes uniquement les jours où les enfants étaient à l'école, ou chez ma mère, ou quand ils passaient la nuit chez des amis. Pour leur épargner la mise à mort et le départ final de la vache. Si les enfants n'étaient pas obligés de voir la chose de leurs yeux, le fait de tuer et de dépecer un animal ne leur posait pas de problème, et ils pouvaient dire combien cette vieille Protéine leur manquait alors même qu'ils étaient à table en train d'en mastiquer un bifteck. Les gosses sont comme ça. Ils peuvent avoir en tête des opinions ou des sentiments contradictoires sans éprouver le moindre manque de logique.

Le portail de l'enclos à bétail était grand ouvert, et c'est ainsi que Larry a su que la vache était partie. Comme d'habitude, il avait été si pressé d'aller au *Spread*, qu'après avoir nourri et lavé l'animal, il avait omis de pousser le verrou. Pendant ce temps-là, j'étais dans la maison à coucher les enfants. "T'emballe pas comme ça, bon sang, j'arrive ! lui avais-je même lancé en montant dans la voiture.

— C'est pas parce qu'il fait encore jour dehors que ça veut dire qu'il est de bonne heure, avait-il râlé.

— Tu as raison, Larry, ça veut pas dire ça." Et j'avais soupiré de façon bien audible. "Ça veut certainement pas dire ça." Je ne crois pas que j'en voulais à Larry plus que d'habitude, mais ce soir-là j'éprouvais quelque chose de différent. Quelque chose de plus pesant, comme si la force de gravité avait tiré mes sentiments vers le bas et les avait rivés au sol. Pourtant, à ce moment-là, je n'y ai pas fait attention. Il y avait longtemps que j'étais habituée à Larry. Ce n'est pas un mauvais bougre, pas foncièrement en tout cas, et ce soir-là il se comportait comme il l'avait toujours fait. Impatient, distrait, égocentrique, critiquant les autres, tel était Larry depuis aussi longtemps que je le connaissais. Mais sentimental aussi, et, pour un homme, porté à pleurer. Proche de son chagrin, voilà ce que je dirais. Je crois que c'est ce qui m'a retenue près de lui si longtemps. Son chagrin. Et je crois qu'il le savait.

Je suis rentrée dans la maison pour voir si tout se passait bien avec les enfants, pendant que Larry allait dans l'enclos de la grange et que, au clair de lune mais trop tard, il fermait le portail. Je l'ai regardé faire par la fenêtre de la cuisine plongée dans l'obscurité. Cette fois, il s'assurait que le verrou était poussé. Il avait des gestes lents et calculés, comme s'il était obligé de se rappeler où il était et ce qu'il faisait là. Des gestes d'ivrogne. Les gosses étaient tous au lit, sauf Lydia qui regardait Letterman à la télé et à qui j'ai dû rappeler qu'elle avait classe le lendemain, donc au lit et que ça saute. "Tout de suite !" ai-je ajouté, et elle est partie sans bruit, blessée et furieuse comme seule une fille de treize ans sait l'être. Larry a klaxonné deux fois, et je suis sortie pour lui dire de se calmer, sinon les gosses allaient se réveiller. Il avait mis le moteur en marche et orienté la voiture dans l'autre sens, prête à partir.

"Où est-ce que tu vas ? lui ai-je demandé.

— Au cimetière. Elle y est sans doute revenue, comme l'autre fois. Les vaches sont bêtes. Elles reviennent toujours là où on les a attrapées la fois d'avant. Monte, il fait nuit, j'aurai besoin de toi pour diriger les phares pendant que je l'attrape.

— T'as pris un seau de grain ?

— Oui, j'ai pris un seau de grain." Sarcastique. "Une torche électrique ?"

Il n'a pas répondu. Je suis montée à côté de lui. "Et ton fusil ? T'as pris ton fusil ?

— Non. Pourquoi ?

— Va chercher ton fusil, Larry. C'est pas croyable !

— Pourquoi ?

— Mais pour l'abattre, enfin ! Va chercher ton fusil. Ton putain de fusil !" Je ne sais pas pourquoi je gueulais, mais c'était comme ça.

Il est descendu de voiture, il est entré dans la maison et il en est ressorti un instant plus tard avec son calibre 12. "Je ne vois pas pourquoi on l'abattrait, a-t-il dit en posant le fusil sur le siège arrière.

— Il faut que tu l'abattes, Larry, parce que tu n'arrêtes pas d'oublier de bien fermer le portail. Elle va encore s'échapper demain, et après-demain, et le jour d'après, jusqu'à ce que le conseil municipal décide de la faire abattre. Et alors on aura perdu cinq cents livres de bœuf pour l'hiver. On aura un congélateur vide, Larry, ai-je déclaré en grinçant des dents. Ça t'a pas *effleuré*, tout ça ?"

Il a grommelé quelque chose que j'ai pris pour une concession, et il a roulé jusqu'à la route. Là, il a tourné à gauche et il a suivi la pente d'un kilomètre et demi jusqu'en bas où nous avons pris l'étroit chemin de terre qui mène au cimetière du village. La lune était cachée derrière les montagnes, à présent, et tout était parfaitement noir. D'un côté, ça filait les chocottes, de se retrouver dans un cimetière par une nuit pareille. Les phares creusaient un espace devant la voiture, mais tout le reste se perdait dans le noir. Et puis, brusquement, une branche feuillue tombait devant le pare-brise ou une pierre tombale surgissait à côté de la voiture.

"On va jamais la trouver ici à cette heure, disait Larry. Je pense qu'on devrait attendre qu'il fasse jour." Il était mort de fatigue, et je savais qu'il sentait encore l'effet de l'alcool, comme moi, mais – je lui ai bien dit – pas question de laisser la vache se balader toute la nuit. Qui sait où elle se trouverait le matin venu ? Elle pouvait facilement quitter le cimetière pour suivre la route de Spruce Hill et se faire écraser par un semi-remorque portant des billes de bois à Montréal. Elle pouvait tomber dans la rivière et se noyer. Dans les deux cas, au bout du compte nous ne pourrions plus rien en faire. Une vache à passer entièrement par pertes et profits, lui ai-je dit.

Larry me dit : "Katie, est-ce que ce n'est pas elle, là ?" Il arrête la voiture, fait deux ou trois mètres en marche arrière et tourne le véhicule de sorte que les phares éclairent la montée assez loin et plongent dans le cimetière. Il y a toutes sortes de pierres tombales, là-haut, et elles jettent d'immenses ombres étirées sur l'herbe et sur les tombes derrière elles. Et voici la vache, Protéine, qui flâne entre les pierres de granit et les inscriptions funéraires, broutant l'herbe fraîche couverte de rosée, tout en avançant. Elle se balance et roule ses grosses hanches osseuses sans prendre aucunement note de nous, comme si elle était tout à fait là où elle doit être mais pas nous. Bien que presque de taille adulte, c'est encore une génisse, avec de grandes taches noires et blanches sur le dos et l'arrière-train, et une tête presque toute blanche. Je peux comprendre pourquoi elle aime venir ici. L'herbe est épaisse, d'un vert brillant, bien plus abondante que chez nous. En plus, il y a les fleurs que les gens ont déposées sur les tombes et qu'elle mange comme de l'herbe. Tout est paisible, ici, tranquille, on n'est pas dérangé, sauf, de temps à autre, par le gémissement d'un camion diesel qui grimpe le long de Spruce Hill pour rejoindre l'autoroute du nord et s'en aller. Si j'étais une vache et qu'on avait laissé mon portail ouvert, c'est ici que je serais, moi aussi.

Larry est sorti et m'a dit de garder les phares sur Protéine. Puis il a ouvert le coffre et il a pris le seau de grain. Je me suis glissée derrière le volant. La vache est entrée d'un pas tranquille dans le champ de lumière et, pour la première fois, elle a levé les yeux vers nous. Lui tendant le seau comme si c'était une offrande de réconciliation, Larry est allé vers elle sur la pointe des pieds. "Allez ma fille, viens chercher ton souper, psalmodiait-il. Souper, ma fille. Souper."

Sans tenir compte de lui, elle s'est remise à brouter l'herbe épaisse du cimetière. Larry a encore essayé quelques instants d'attirer son attention, mais elle n'a même pas levé la tête. A la fin, il est revenu à la voiture. J'ai baissé la vitre.

"Alors ? ai-je dit.

— J'arrive pas à la faire manger dans le seau.

— Essaie de le poser par terre, là-bas, devant la voiture, mais pas trop près. Et puis mets-toi dans l'ombre. Essaie", lui ai-je dit.

Il a agi selon mes directives, et après quelque temps, peut-être dix minutes – pendant ce temps-là j'ai fumé une cigarette tandis que Larry restait dans l'obscurité près de la voiture –, la vache s'est enfin approchée du seau, a plongé son museau dedans et a commencé à manger le grain.

"Prends le fusil, ai-je dit à Larry.

— Quoi ?

— Larry, prends ce putain de fusil !"

Il est venu jusqu'à la voiture, il a ouvert la portière arrière et il a sorti son calibre 12. "J'ai pas besoin de ce con de fusil", a-t-il dit. Puis il l'a porté en plein sous l'éclairage des phares et il s'est mis à côté de la vache.

"Descends-la, Larry !"

Il n'a rien dit ni rien fait. Il est juste resté là, les épaules affaissées, le fusil dans la main droite, à regarder la vache mâcher le grain dans le seau. Elle a fini par ressortir sa tête et elle s'est léché les lèvres avec sa grosse langue grise, en regardant Larry comme si elle lui disait merci.

"Descends-la, enfin !

— Pourquoi ?

— Parce qu'on n'a plus de grain. Parce que je veux que tu le fasses ! J'en sais rien ! Descends cette putain de vache, Larry. Flingue-la !"

Il a soulevé le seau comme pour vérifier une dernière fois s'il restait du grain, et la vache a remis son museau dedans. "C'est vide, a dit Larry à la vache, y a plus rien." Puis il a levé le canon du fusil et il en a placé l'extrémité devant le front plat et dur de la vache. Et il a tiré. J'ai fait un saut en entendant la détonation, comme si je ne m'y étais pas attendue. Pourtant, je l'attendais. Je l'avais appelée de mes vœux. Mais c'était comme si mon appel était parti d'un rêve et pas de la réalité. Les yeux de la vache se sont agrandis de stupéfaction, puis ils ont roulé vers le haut et du sang a giclé de sa tête. Ses pattes avant se sont pliées aux genoux et elle est tombée en avant. Elle s'est affalée sur le côté et elle est restée absolument immobile. Elle m'a paru énorme, alors, plus grande que la voiture. Du sang coulait du grand trou qu'elle avait dans la tête et s'étalait sur l'herbe couverte de rosée. La lumière rebondissait sur le corps de la vache, sur la flaque de sang qui allait grandissant, et sur l'herbe.

"On fait quoi, maintenant ?" a demandé Larry.

Je n'en avais pas la moindre idée, mais j'ai dit : "Ton problème, c'est que tu ne penses pas plus loin qu'un geste à la fois.

— C'est toi qui as voulu qu'on la tue." Il est monté dans la voiture du côté passager et il a allumé une cigarette. "Eteins les phares et le moteur, a-t-il dit. On n'en a plus besoin, maintenant."

J'ai obéi et nous sommes restés là un moment dans le noir absolu à fumer sans rien dire. C'était presque comme si la vache n'était pas là, comme si elle se trouvait toujours dans l'enclos chez nous, et comme si Larry et moi étions simplement assis ici dans la voiture à parler à voix basse de l'avenir.

"Il nous faut un engin à chargement frontal, a dit Larry. On peut pas la laisser ici. Les chiens ou un ours viendront la bouffer."

Il avait raison. J'ai donc remis la voiture en marche, et tandis que Larry restait sur place avec la torche électrique et son fusil pour garder la vache, j'ai roulé jusqu'au village. Il était déjà très tard, deux ou trois heures du matin, et il n'y avait pas une seule voiture sur la route ni une seule lumière dans le coin. Je savais que tous ceux à qui je téléphonerais seraient couchés, mais il m'a paru à ce moment-là que je n'avais pas le choix. Je me suis arrêtée près du téléphone à pièces devant le garage de Chick Lawrence. Je suis descendue et j'ai d'abord composé le numéro de Wade Whitney parce que c'est un vieux copain de chasse de Larry. Mais Wade m'a dit non, sa chargeuse se trouvait là-haut à Adrian's Acres où il s'en servait pour creuser une cave. J'ai alors essayé Randy LeClair, mais je n'ai eu que son répondeur. "Salut Randy, ai-je dit. C'est Katie Burks ; moi et Larry on espérait que tu pourrais nous aider à transporter une vache morte. Mais apparemment tu n'es pas là."

Je m'efforçais de me rappeler qui d'autre, au village, possédait un engin à chargement frontal. C'est alors qu'en regardant de l'autre côté des pompes à essence j'ai vu dans l'ombre exactement ce que je cherchais. Chick Lawrence en avait un. Comme il l'utilisait davantage pour déblayer de la neige que pour creuser le sol, j'en avais oublié l'existence. Sa maison étant adjacente au garage, il me suffisait d'y aller et de frapper. C'est ce que j'ai fait. Chick est un mec sympa, le genre à aider ses voisins. Il est arrivé à la porte en sous-vêtements, l'air inquiet, s'attendant à une urgence, sans doute, quelque chose comme un accident de la route, car il a la seule dépanneuse du village. Je lui ai raconté notre problème, et ça a semblé le détendre. "Bon, d'accord, a-t-il dit. Je vous retrouve au cimetière dans une quinzaine de minutes. C'est une belle nuit", a-t-il ajouté en levant les yeux vers le ciel étoilé. Puis il a ri comme s'il venait de raconter une petite blague. C'est un tic, chez lui.

Je suis revenue au cimetière, et à l'aide des phares et d'un coup de klaxon j'ai réveillé Larry qui s'était endormi contre une pierre tombale. Il s'est levé et il s'est dirigé vers la voiture en actionnant le bouton de sa lampe. "La pile est morte", a-t-il déclaré comme si ça expliquait tout. La vache était encore là, sorte d'énorme tumulus blanc et noir entouré d'une flaque de sang qui continuait à s'étendre.

"Attention où tu mets les pieds", lui ai-je dit au moment où il allait marcher dans le sang. Puis je lui ai dit que Chick Lawrence était en route, ce qui l'a visiblement réconforté. Il s'est appuyé sur l'aile de la voiture, et il s'est mis à fumer en contemplant les étoiles. Je gardais le moteur en marche et les lumières allumées, et, par-dessus le capot, je fixais cette foutue vache des yeux. Je ne sais pas pourquoi, mais en cet instant j'ai méprisé la pauvre bête. C'était comme si elle avait fait quelque chose d'impardonnable, délibérément dirigé contre moi. Ça ne me venait pas de l'alcool, car son effet s'était déjà pas mal estompé. Il y avait plein de choses, dans cette nuit, que je ne comprenais pas. Le fait que j'aie dit à Larry de prendre le fusil, entre autres, et que je lui aie hurlé d'abattre la vache. Je ne saisissais pas comment on en était arrivés là, à traîner dans un cimetière au milieu de la nuit en attendant que Chick Lawrence arrive avec sa chargeuse frontale pour que nous puissions ramener chez nous, en haut de la colline, une vache morte. J'avais envie de dire que c'était la faute de Larry, mais je n'y arrivais pas. Il n'avait rien fait de plus que ce que je lui avais demandé. Depuis le début, depuis l'époque où nous nous étions connus à l'école secondaire et où nous avions commencé à baiser sur la banquette arrière de sa vieille Camaro jusqu'à cette nuit, quatorze ans plus tard, Larry avait toujours fait ce que je lui demandais. Le problème, je commençais à le voir, était du côté de la demande.

"Larry, ai-je dit. C'est une des nuits les plus nulles de toute ma vie. Et le pire, c'est qu'elle est typique.

— Typique." Il a fait une pause. "Tu la vois comme ça ?

— Oui.

— C'est ce que je craignais", a-t-il dit, et la conversation s'est arrêtée là.

Vingt minutes plus tard, environ, Chick est arrivé avec sa grosse chargeuse jaune. Elle ressemblait à une sorte de dinosaure préhistorique avec ses pneus plus hauts que ma tête, son énorme gueule béante et ses phares, des yeux d'insectes géants qui montaient et retombaient tandis que le véhicule, après avoir quitté la route principale, avançait sur le sentier. Chick a approché la chargeuse de la vache et il a mis le moteur au ralenti. Se penchant hors de la cabine, il a crié : "Comment ça se fait, que vous ayez flingué votre vache dans le cimetière ?"

Larry a haussé les épaules. "Une chose en entraîne une autre, faut croire.

— Ouais, faut croire", a dit Chick avec son petit rire. Il a reculé un peu la chargeuse et il a laissé tomber le godet au sol. Puis il a avancé très lentement, et, avec une tendresse surprenante, il a fait glisser le bord inférieur du godet sous la vache. Délicatement, il a ramassé la pauvre bête et l'a soulevée presque comme un père ou une mère soulève un enfant endormi. Le corps de la vache a roulé pesamment à l'intérieur du godet, et elle a atterri sur son dos, de sorte qu'elle avait les quatre pattes en l'air. Le spectacle est devenu bizarre, presque comique, quand Chick a levé très haut le godet, qu'il a fait demi-tour et qu'il s'est lentement éloigné du cimetière en direction de la grand-route.

Larry est monté à côté de moi, et j'ai conduit la Taurus derrière Chick. J'ai pris à gauche sur la route et je l'ai suivi pendant la longue montée de Spruce Hill jusque chez nous. Il n'y avait pas d'autres voitures ni de camions, à cette heure-là, et c'était une bonne chose parce que nous formions une procession étrange, lente et suspecte. La chargeuse avançait à quinze kilomètres-heure au plus, et de là où j'étais, derrière elle, j'arrivais à voir au-delà de la cabine et à distinguer par moments les pattes grêles de la vache, avec ses sabots qui dépassaient du godet. Chick le maintenait à une assez bonne hauteur pour que l'engin reste équilibré et que les roues arrière n'aient pas tendance à quitter le sol. Chaque fois que la chargeuse passait par-dessus un renflement

de la route ou traversait un creux, le godet sau-
tillait un peu et la vache semblait presque en
vie, en train de se démener comme une proie
cherchant à se dégager de cette gueule mons-
trueuse.

Nous sommes enfin arrivés au sommet de la
colline et nous avons tourné dans notre allée.
En jetant un coup d'œil derrière nous, j'ai vu
que le ciel devenait rose et bleu pâle à l'est. La
journée allait être belle. Chick a arrêté sa chargeuse et nous a crié : "Où est-ce que vous voulez que je la dépose ?"

Larry m'a regardée et je l'ai regardé. Chacun
voulait que l'autre réponde à la question de
Chick. Les yeux de Larry s'étaient creusés et ils
étaient injectés de sang. Ses joues étaient toutes
molles et il aurait bien fait de se raser. Je ne l'avais
jamais vu aussi épuisé. Mais je devais avoir le
même air, pour lui. A travers ses lèvres serrées
il a laissé échapper un sifflement muet, et il a
dit : "Ah, bon, Katie. Alors c'est fini, c'est ça ?

— Il faut lâcher prise, Larry.

— On est obligés ? Est-ce qu'on peut pas faire
comme avant ? Comme on a toujours fait ?"

Je me suis penchée par la portière et j'ai crié
à Chick : "Pose-la sur la plate-forme devant la
grange, là où il y a le treuil et la chaîne. On va
la suspendre et la découper dans quelques
minutes." Il a dit parfait, et je l'ai remercié.

"Bonne nuit", m'a-t-il dit. Puis il a ri. "Ou bonjour", et il a embrayé et fait avancer sa chargeuse
en direction de la grange.

Je me suis retournée vers Larry. "On a intérêt à
découper la vache avant que la viande commence à tourner.

— Je m'en occupe", a-t-il dit en descendant
de voiture. Je suis sortie à mon tour et nous

sommes restés là à nous regarder par-dessus le toit de la vieille Taurus. "Katie, je suis vraiment désolé. Je regrette de ne pas avoir pu faire les choses autrement et mieux. Je suis désolé de boire comme ça aussi.

— Je sais. Moi aussi, je suis désolée.

— Comment se fait-il que ce soit arrivé ce soir ?

— Larry, j'en sais rien." Nous sommes restés un instant silencieux. "Ça aurait pu se produire n'importe quel soir. Ça s'est même peut-être produit il y a longtemps, mais nous ne nous en sommes pas aperçus sur le coup. Comme une de ces étoiles qui s'embrasent et qui meurent, et on ne s'en rend compte que bien des années plus tard tellement elles sont loin.

— Il vaut peut-être mieux que nous ne l'ayons pas vu quand ça s'est produit, a dit Larry. Peut-être comme ça on a davantage de paix. Je sais pas. Tu n'as qu'à rentrer et dormir, Katie. Je vais dépecer la vache." Il m'a saluée de la main, et, d'un pas lourd, il a pris l'allée en direction de la grange. L'aurore arrivait vite, à présent, et j'ai pu suivre Larry des yeux jusqu'à la grange dans la lumière gris pâle. Je suis restée un moment immobile devant la porte d'entrée de la maison, à le regarder. Il a accroché la chaîne aux pattes arrière de l'animal, juste au-dessus des sabots. Puis il a lentement soulevé la vache du sol, et en quelques secondes elle s'est retrouvée entièrement en l'air à se balancer au-dessus de la plate-forme. Il a attaché l'extrémité de la chaîne à un anneau fixé à la plate-forme. Quand il a disparu dans la grange pour prendre ses couteaux, je suis rentrée dans la maison jeter un coup d'œil aux enfants et dormir. Ce même après-midi, il a déménagé.

LE MAURE

Il est autour de dix heures du soir, et je suis l'un de ces trois hommes – d'âge mûr, disons-le – qui traversent South Main Street sous une pluie légère pour aller prendre un verre rapide chez le Grec. Nous venons de clore une cérémonie d'accession au trente-deuxième grade, dans le temple maçonnique situé dans le vieux bâtiment du théâtre Capitol, et il nous faut un remontant. Je suis le grand gaillard du milieu : je m'appelle Warren Low, et c'est sans doute mon histoire que je raconte, même si on peut aussi dire que c'est celle de Gail Fortunata, puisque c'est ma rencontre avec Gail, revue cette nuit-là après une moitié de vie, qui m'a poussé à la raconter.

Je porte des restes de maquillage de la céré-monie où je figurais un prince arabe. J'ai du rouge sur les lèvres et, par endroits, j'ai aussi sur les joues des traînées noires que je n'ai pas réussi à bien enlever parce qu'au théâtre il n'y avait pas de crème démaquillante. Les autres me taqui-nent en me répétant que je fais un sacré négro – c'est leur façon de parler –, et j'essaie de dévier leurs moqueries en ne les relevant pas, car je n'ai quand même pas autant de préjugés qu'eux. Pourtant, j'en éprouve un certain plai-sir. C'est un vrai travail d'acteur, ce passage au trente-deuxième grade, et il n'y a pas tellement de gens qui le fassent bien. Nous sommes trois amis, trois commerciaux, trois collègues : je vends de l'équipement de plomberie et de chauffage, mon pote Sammy Gibson travaille dans l'immobilier, et le troisième, Rick Buckingham, est un concessionnaire Chevrolet.

Nous entrons chez le Grec, un petit restaurant avec un bar où il y a des boiseries et des plantes suspendues. Pour aller au bar, nous traversons la salle à manger comme des habitués, car c'est ce que nous sommes, des habitués, et nous le faisons savoir en saluant le Grec et son équipe. Ce sont là de petits plaisirs. Sammy et Rick essaient en vain de draguer une des serveuses, la jolie petite gamine blonde, et ils lancent une ou deux blagues sur le nouveau serveur gay qui, se trouvant à l'angle opposé près de la porte de la cuisine, ne peut pas les entendre. Des malins.

"C'est quoi, cette peinture ?" me demande le Grec. Et je lui réponds : "Du théâtre." Ce n'est pas un franc-maçon, il doit être catholique orthodoxe ou un truc de ce genre, mais il sait ce que nous faisons. Juste quand nous passons devant une certaine table, ne voilà-t-il pas qu'une femme âgée, dans un groupe, me fixe des yeux, ce qui attire mon attention, parce que sinon ce ne serait qu'une vieille comme une autre. Pendant un quart de seconde, je me dis que je la connais, puis je décide que non et je poursuis mon chemin. C'est une femme de grande taille, un peu informe, avec des yeux brillants, et elle doit avoir nettement plus de soixante-dix ans, peut-être quatre-vingts. Une vieille.

Sammy, Rick et moi avançons jusqu'au bar où nous commandons la même chose que d'habitude ; nous faisons des commentaires sur la neige, dehors, et nous nous sentons en sécurité, satisfaits d'être ensemble. Nous songeons à nos femmes, à nos ex-femmes et à nos enfants déjà grands, tous partis. Il est tard, nous sommes dehors et nous n'en éprouvons aucune culpabilité.

Je jette un coup d'œil à la femme, de l'autre côté de la séparation : cheveux clairsemés, argentés avec des reflets bleus, fanons autour du cou, taches de vieillesse sur les longues joues plates. Une vieille, quoi. Elle est avec des gens de sa famille, et ils fêtent quelque chose. On dirait que ces deux hommes d'une quarantaine d'années sont ses fils, avec leurs femmes et une adolescente qui semble s'ennuyer. Ils sont gros, tous les cinq, ternes, et ils ont l'air d'accomplir un devoir, contrairement à la vieille qui, malgré son âge, est très éveillée et élégamment habillée d'un ensemble en laine bordeaux. Manifestement, elle a été séduisante, à une époque.

Me détournant de Sammy et de Rick, je demande au Grec : "Qui est la vieille dame, qu'est-ce qu'ils fêtent ?"

Le Grec connaît le nom des fils de la dame, un nom italien : Fortunata, pense-t-il. Je réponds : "Ça ne me dit rien. *No comprendo.*

— C'est le quatre-vingtième anniversaire de la dame, dit le Grec. Pourvu qu'on vive aussi longtemps, pas vrai ? Vous la connaissez ?

— Non, je crois pas." Les serveuses et le serveur gay chantent *Happy Birthday* et ils en font tout un cirque, mais le bistro est pratiquement vide à cause de la neige. Tout le monde a l'air de trouver ça bien, et la vieille dame sourit avec sérénité.

Je dis alors à Sammy et à Rick : "Je crois que j'ai déjà rencontré la vieille bonne femme, mais j'arrive pas à me rappeler où.

— Une cliente", dit Sammy en grignotant des cacahuètes.

Rick répète la même chose "Une cliente", et ils reprennent leurs plaisanteries.

"Sans doute une ex-petite amie, lance Sammy.

— Très drôle", lui dis-je.

Une partie de basket à la télé capte leur attention : les Celtics de Boston contre les Knicks de New York, et on joue la deuxième prolongation. Les Knicks finissent par gagner, et c'est l'heure de rentrer, les mecs. La neige est de plus en plus haute. Nous mettons nos manteaux, payons le barman, et nous voilà en train de partir, mais le groupe avec la vieille dame se prépare aussi à s'en aller. Et quand je passe devant sa table, la dame me prend par la manche et articule mon nom. Elle le prononce avec un point d'interrogation. "Warren ? Warren Low ?

— Ouais, bonjour", lui dis-je en souriant. Mais je n'arrive toujours pas à la reconnaître.

Alors elle dit : "Je suis Gail Fortunata. Warren je t'ai connu il y a de nombreuses années." Elle me sourit avec tendresse. Alors tout me revient, ou presque tout. "Tu te souviens de moi ? demande-t-elle.

— Bien sûr. Bien sûr, évidemment. Gail. Comment vas-tu ? Bon sang, ça fait un bail."

Elle hoche la tête en continuant à sourire. "Qu'est-ce que tu as sur la figure ? Du maquillage ?

— Ouais. J'ai fait un peu de théâtre. Je n'avais pas de démaquillant pour tout enlever, dis-je d'un air penaud.

— Je suis contente de savoir que tu joues toujours." Puis elle me présente à sa famille en disant simplement : "Voici ma famille.

— Bonjour à tous", dis-je et je commence à présenter mes amis, Sammy et Rick, lorsque je m'aperçois qu'ils sont déjà à la porte.

"Salut, Warren, me lance Sammy, surtout pas de bêtises." Là-dessus, Rick m'adresse un geste de la main, et les voilà dehors.

"C'est donc ton anniversaire, Gail. Joyeux anniversaire.

— Eh bien, merci", répond-elle. Les autres sont tous debout, à présent, et ils sont en train de mettre leurs manteaux tandis que Gail est toujours à me retenir par la manche. "Assieds-toi un instant, Warren, me dit-elle. Ça fait combien de temps que je ne t'ai pas vu ? Trente ans ? Tu te rends compte ?

— Maman, dit un fils. Il est tard. La neige."

Je prends une chaise à côté de Gail et, laissant tomber les faux-semblants imbéciles, je me retrouve soudain en train de m'efforcer de voir dans ses yeux la femme que j'ai connue pendant quelques mois à une époque où j'étais encore un gamin – j'avais tout juste vingt et un ans – et où elle avait presque cinquante ans, où elle était mariée et où ces deux gros balourds, ses deux fils, étaient des adolescents tout maigres. Mais je n'arrive pas à percer le visage de la vieille dame pour retrouver la femme qu'elle était alors. Si cette femme a disparu, le garçon, ce garçon que j'étais, a disparu lui aussi.

Levant les yeux vers un de ses fils, elle dit : "Dickie, tu n'as qu'à partir sans moi. Warren me ramènera. Pas vrai, Warren ? ajoute-t-elle en se tournant vers moi. Je dors chez Dickie, là-haut sur la colline. Ce n'est pas un trop grand détour pour toi ?

— Non. Moi aussi, j'habite sur la colline. A Alston Woods. Je viens d'y louer un appart.

— Parfait", déclare Dickie, un peu inquiet. Il donne l'impression d'être habitué à sortir perdant des discussions avec sa mère. Ils embrassent tous Gail sur la joue, lui souhaitent à nouveau un joyeux anniversaire et sortent les uns derrière les autres dans la neige. Un chasse-neige passe en raclant la chaussée. Sinon, il n'y a aucune circulation.

Le Grec et son équipe commencent à ranger, tandis que Gail et moi parlons encore quelques minutes. Bien qu'elle ait les yeux humides, avec des cernes rouges, elle n'a pas la larme à l'œil : elle sourit. C'est comme si elle avait des coquilles transparentes par-dessus ses iris bleu vif. Et pourtant, à présent, quand je la scrute avec assez d'attention, j'arrive à l'apercevoir telle qu'elle était, en train de se mouvoir tout au fond parmi les ombres. Elle avait une lourde chevelure roux foncé, une peau blanche et claire aussi lisse que de la porcelaine, de larges épaules, et elle était grande, pour une femme, presque aussi grande que moi. Je m'en souviens parfaitement, à cause du soir où son mari et elle m'ont emmené à une fête des anciens combattants et où elle et moi avons dansé pendant qu'il jouait aux cartes.

"Tu es devenu bel homme, Warren", dit-elle. Puis elle lance un petit rire. "Tu es toujours bel homme, voilà ce que je voulais dire.

— Non. Je suis décati. On n'est jeune qu'une fois.

— Quand nous nous sommes connus, Warren, j'avais l'âge que tu as aujourd'hui.

— Ouais. Je crois bien que c'est ça. Ça fait drôle, quand on y pense.

— Tu es divorcé ? Tu en as l'air.

— Ouais. Divorcé. Ça fait deux ans, maintenant. Mes enfants, trois filles, sont tous grands. Je suis même grand-père. Ça n'a pas été un mariage heureux. Il s'en faut de beaucoup.

— Je crois que je n'ai pas envie d'entendre parler de ça.

146

— Très bien. De quoi as-tu envie d'entendre parler ?

— Prenons un verre et bavardons juste un peu. En souvenir du bon vieux temps. Puis tu pourras me conduire chez mon fils."

Je dis parfait et je demande au Grec, qui est en train de pianoter sur sa caisse enregistreuse, s'il n'est pas trop tard pour un dernier verre. Il hausse les épaules, pourquoi pas, et Gail commande un sherry tandis que, comme d'habitude, je prends une vodka tonic. Le Grec file de nouveau au bar, prépare lui-même les verres parce que le barman est en train d'essuyer l'armoire réfrigérée, et il revient les poser devant nous. "La tournée du patron", dit-il en repartant pour compter la recette de la soirée.

"C'est bizarre, n'est-ce pas, que nous ne nous soyons jamais rencontrés par hasard avant ce soir, dit-elle. Pendant toutes ces années. Tu es monté ici à Concord, et moi je suis restée à Portsmouth, même après le départ des garçons. C'est là que Frank avait son travail.

— Ouais, bon, faut croire que soixante-dix kilomètres, ça fait loin, parfois. Comment va Frank ?" Mais au moment même où je pose la question, je me rends compte qu'il avait au moins dix ans de plus qu'elle.

"Il est mort. Frank est mort en 1982.

— Oh. Désolé de cette nouvelle.

— Je voudrais te demander quelque chose, Warren. J'espère que tu n'es pas gêné que je te parle personnellement.

— Non. Vas-y." J'avale une grande gorgée.

"Je n'ai jamais osé te poser la question. Ça t'aurait mis mal à l'aise, à l'époque, parce que ce que nous faisions ensemble te causait de grandes frayeurs. Tu étais très peu sûr de toi.

— Ouais, c'est évident. J'avais quel âge, vingt et un ans ? Et toi, bon, t'étais pas effrayante, mais, disons, impressionnante. Mariée, des gosses, une femme du monde qui connaît la vie, c'est comme ça que tu m'apparaissais. Et moi, j'étais un apprenti plombier qui travaillait sur son premier chantier loin de chez lui, un gamin.

— Tu étais plus que cela, Warren. C'est pourquoi j'ai été si facilement séduite par toi. Tu étais très sensible. Je pensais qu'un jour tu serais un acteur célèbre. Je voulais t'encourager.

— Tu l'as fait." J'ai un rire nerveux parce que je ne sais pas où mène cette conversation. Je prends une autre gorgée et je dis : "J'ai joué souvent, tu sais, au fil des ans. Rien que de la scène locale, mais parfois du travail assez sérieux. Rien de grandiose. Mais je n'ai pas lâché. Je ne fais plus grand-chose, ces temps-ci, c'est sûr. Mais tu m'as encouragé, Gail. Si, et je t'en suis vraiment reconnaissant."

Elle sirote son sherry en pinçant les lèvres, ce qui lui donne l'air d'un oiseau. "Bon, dit-elle. Warren, est-ce que tu étais vierge, à ce moment-là, quand tu m'as connue ?

— Oh, là là. C'est une sacrée question, tu ne crois pas ?" Je me mets à rire. "C'est ça, que tu t'es demandé pendant tant d'années ? Si tu étais la première femme avec qui j'avais fait l'amour ? Ouah. C'est… Hé, Gail, je ne crois pas qu'on m'ait jamais posé cette question jusqu'ici. Et nous voilà trente ans après." Je lui souris, mais je sens mes poumons se vider à toute allure.

"Je veux juste savoir, mon cher. Tu n'as jamais rien dit là-dessus. Nous avons partagé un grand secret, mais nous n'avons jamais vraiment parlé de nos secrets à nous. Nous avons discuté théâtre, nous avons eu notre petite liaison, et puis tu as poursuivi ton chemin tandis que je restais avec Frank et que je vieillissais. Que je devenais de plus en plus vieille.

— Tu n'étais pas vieille.

— J'étais aussi âgée que toi aujourd'hui, Warren.

— Oui. Mais je ne suis pas vieux.

— Bon, alors, tu l'étais ?

— Quoi ? Puceau ?

— Tu n'es pas obligé de répondre, si ça te gêne."

J'attends quelques secondes. La serveuse est partie, comme la nouvelle gamine et le barman. Seul le Grec est là, perché sur un tabouret dans le bar, à regarder *Nightline* à la télé. Je pourrais lui dire la vérité, ou mentir, ou je pourrais répondre entièrement à côté. Difficile de savoir ce qui vaut le mieux. A la fin, je dis : "Oui, je l'étais. J'étais vierge quand je t'ai connue. C'était la première fois, pour moi." Elle se cale contre le dossier de sa chaise et me regarde bien en face en souriant, comme si je venais de lui faire le cadeau d'anniversaire idéal, celui dont personne n'avait pensé qu'elle pût le désirer, celui qu'elle n'avait jamais osé demander. C'est un sourire superbe, plein de gratitude et de fierté, et il semble remonter jusqu'au jour où nous nous sommes rencontrés.

Elle tend le bras et pose sa petite main craquelée sur la mienne. Elle dit : "Je n'en ai jamais été sûre. Mais chaque fois que je pense à cette période et que je me rappelle nos rencontres dans ta chambre, je fais toujours semblant de croire que pour toi c'était la première fois. Je faisais même semblant de le croire, à l'époque, quand ça se passait. Pour moi, c'était important."

Pendant quelques instants, nous restons tous les deux sans parler. Puis je romps le charme.

"Qu'est-ce que tu dirais si nous partions ? Ils ont besoin de fermer, et la neige tombe très fort." Elle est d'accord, et je l'aide à passer son manteau. Ma voiture n'est pas garée loin, juste à un demi-pâté de maisons, mais nous n'y arrivons que lentement parce que le trottoir est assez glissant et que Gail est très prudente.

Une fois que nous sommes dans la voiture et que nous remontons Main Street vers le nord, nous restons un moment silencieux jusqu'à ce que je finisse par lui dire : "Tu sais, Gail, il y a quelque chose que je me suis aussi demandé pendant toutes ces années.

— Ah bon ?

— Ouais. Mais tu n'es pas obligée de me le dire si ça te gêne.

— Mon cher Warren, à partir d'un certain âge, on ne trouve plus rien gênant.

— Ouais, en effet, c'est sans doute comme ça.

— De quoi s'agit-il ?

— Bien. Je me suis demandé si, à part moi, tu étais restée fidèle à Frank. Avant moi aussi."

Elle n'a aucune hésitation. "Oui, dit-elle, j'ai été fidèle à Frank, avant toi et après. A part mon mari, tu as été le seul homme que j'ai aimé."

Je ne la crois pas, mais je sais pourquoi elle m'a menti. Cette fois, c'est à mon tour de sourire et de tendre le bras pour poser ma main sur la sienne.

Nous restons sans rien dire pendant le reste du trajet, sauf aux moments où elle me dit par où passer pour arriver à la maison de son fils, une maison genre ranch, en briques simples, dans une rue latérale en courbe près de la vieille fabrique d'armes. La véranda est allumée, mais le reste de la maison est plongé dans l'obscurité.

"Il est tard, dis-je à Gail.

— C'est vrai."

Je descends et je contourne la voiture pour aider Gail à sortir, puis je l'accompagne sur le sentier jusqu'à la porte. Elle prend la clé dans son sac, déverrouille la porte et se retourne pour me regarder. Elle n'est pas aussi grande qu'autrefois.

"Je suis très heureuse que nous nous soyons vus ce soir, dit-elle. C'est probablement la dernière fois.

— Nous pouvons nous revoir. Si tu le veux.

— Tu es encore un homme très gentil, Warren. Ça me fait plaisir. Je ne me suis pas trompée sur ton compte."

Je ne sais que dire. J'ai pourtant envie de l'embrasser, et c'est ce que je fais. Je me penche, je l'entoure de mes bras et je l'embrasse sur les lèvres, d'abord très doucement, puis un peu plus fort, et elle me rend mon baiser en se pressant juste assez contre moi pour me rappeler qu'elle aussi se souvient de tout. Nous nous tenons ainsi pendant un long moment.

Puis je recule d'un pas, elle se retourne, ouvre la porte et me jette un dernier regard. Elle sourit. "Tu as encore du maquillage. C'était quoi cette pièce ? J'ai oublié de te le demander.

— Oh, dis-je, en réfléchissant à toute vitesse, parce que je me souviens qu'elle est catholique et qu'elle n'a sans doute pas une haute opinion des francs-maçons. *Othello !*

— Très bien, et tu jouais le Maure ?

— Oui."

En continuant de sourire, elle m'adresse un lent geste d'adieu, comme si elle me repoussait de la main, me congédiait, et elle rentre. Une fois la porte refermée sur elle, j'ai envie de rester là tout seul sur les marches, d'y passer la nuit en laissant la neige tomber en nuages autour de ma tête et en la regardant recouvrir nos traces sur le sentier. Mais il est réellement tard, et comme je dois travailler le lendemain, je m'en vais.

Dans ma voiture, en rentrant chez moi, je fais tout mon possible pour ne pas pleurer. Le temps est venu, le temps est passé, le temps ne reviendra jamais, voilà ce que je me dis. Et je conclus que ce qui est devant moi, là, c'est tout ce que j'ai. Mais, en conduisant ma voiture à travers les rafales de neige, ce qui est devant moi ne me paraît pas être grand-chose, à part les gentillesses que je viens d'échanger avec une vieille dame, et c'est donc là-dessus que je me concentre.

NOËL

Apprécié de tous à l'université d'Etat où il enseignait les sciences politiques, il entrait dans l'âge
mûr en fuyant le naufrage de deux mariages
ratés. Il leur refusait pourtant ce qualificatif de
"ratés", comme si le mariage était quelque chose
d'expérimental, la vérification d'une hypothèse
vertigineuse qu'il aurait bricolée dans sa jeunesse. Gregory était sensible aux mots qui véhi-
culent des valeurs. De plus, lors de ses deux
expériences, son engagement dans le mariage
avait été total, absolu, sans bornes et sans retenue. Gregory avait aimé les deux femmes.

Il préférait considérer ses mariages comme
"révolus". Pour lui, ils formaient des blocs tem-
porels distincts qui pouvaient aussi bien avoir
été la meilleure des époques que la pire. Ou
pourquoi pas le grand moment de sa vie tout
simplement ? Car il s'était aussi agi de cela.
Gregory Dodd était un de ces hommes qui,
arrivés au milieu de la quarantaine, aiment bien
projeter sur leur passé un éclairage quelque peu
élégiaque.

Ce qui comptait, à présent, c'était que les deux
mariages étaient terminés, un point c'est tout.
Aussi bien la brève union de son adolescence

que celle qui avait duré quinze ans de sa vie de jeune adulte : finis et bien finis, et suffisamment dépassés pour que Gregory pût prendre un nouveau départ, en quelque sorte. C'était d'ailleurs ce qu'il avait fait, croyait-il, avec Susan. Le point de vue élégiaque, même un tantinet prématuré, permet le renouveau. Ainsi, en tombant amoureux de Susan, Gregory avait l'impression d'être entré dans un autre bloc temporel qui lui semblait sans fin – exactement comme les autres lui étaient apparus au début –, et il était une fois de plus tout excité de plaisir. Voilà que revenait aussi la veille de Noël et que, même si les trois enfants de Gregory, presque déjà grands, habitaient chez leur mère (sa deuxième ex-femme), il se remettait à jouer les père Noël et à remplir sa voiture de cadeaux pour Susan et pour les trois enfants de Susan, bien plus jeunes que les siens. Voilà que parti de sa maison du New Hampshire il roulait vers l'appartement plutôt minable de Susan, juste de l'autre côté de Boston, à Jamaica Plain. La radio rugissait *Le Messie* de Haendel, et le père Noël au volant accompagnait les chœurs à plein gosier, chantant avec allégresse : *Alléluia, alléluia, all-é-lu-ia !*

Dans le New Hampshire, la neige avait été sèche, et elle arrivait contre la voiture en longs rubans blancs surgissant de l'obscurité devant lui. Il lui avait été facile de rouler sur l'autoroute. Il avait maintenu l'Audi à cent dix kilomètres-heure jusqu'à Charlestown. Mais dès qu'il était arrivé en ville, qu'il avait traversé le parc des Fens entre Kenmore Square et l'avenue Huntington, avant de prendre le raccourci par l'extrémité sud de Boston pour arriver plus vite à Jamaica Plain, il avait rencontré une neige mouillée, tombant en flocons plats, glissants, qui rendaient la conduite difficile. C'était la veille de Noël, et il y avait peu de circulation. Les rues de la ville, presque vides, et les bâtiments en brique non éclairés lui paraissaient superbes : il en émanait une mélancolie stoïque qui le faisait penser à un tableau d'Edward Hopper sans qu'il puisse se rappeler lequel.

Il avait trop dépensé, comme toujours, et il le savait, mais tant pis : ça valait bien la peine, pour voir le ravissement de Susan quand il apporterait dans la salle de séjour les innombrables cadeaux soigneusement empaquetés et qu'il les entasserait sous le sapin aux guirlandes argentées. Des cadeaux qu'il avait transportés du New Hampshire pour les enfants de Susan. Et pour elle aussi : un adorable peignoir en velours vert foncé, les trois volumes de *L'Avènement de l'ère industrielle*, par Fernand Braudel, une machine à café *espresso* qu'il avait commandée en octobre dans le catalogue de Williams-Sonoma, ainsi qu'un camée ancien monté en broche qu'il avait trouvé dans une boutique de mode de Portsmouth. Il lui faudrait trois montées et trois descentes dans cet escalier étroit, à l'odeur aigre, pour tout décharger de sa voiture.

Susan avait dix ans de moins que Gregory. Elle était photographe, mais son style documentaire dur n'était plus à la mode, surtout à Boston, et elle vivait très près de ce seuil de pauvreté au-dessous duquel se trouvaient la plupart de ses sujets, des Noirs et des Hispaniques des cités et des pires quartiers de Roxbury. Elle considérait sa pauvreté comme la conséquence directe et l'expression de son art. Gregory y voyait un goût invétéré pour la bohème, une situation lamentable qu'il essayait d'améliorer par son bon sens bourgeois et sa générosité.

C'était lui qui mettait en ordre les comptes sur le chéquier de Susan, et, pour son anniversaire, il lui avait acheté un lave-vaisselle.

Près du musée des Beaux-Arts, Gregory ralentit et quitta l'avenue Huntington pour prendre à gauche une petite rue truffée de nids-de-poule. Il suivait les feux arrière de la seule autre voiture en vue. Les deux véhicules passèrent devant de hauts bâtiments sombres – une alternance de rangées d'entrepôts et d'immeubles de logements bon marché datant des années cinquante et soixante – où, ici et là, clignotait derrière une fenêtre une petite guirlande de lumières de Noël ou une bougie électrique solitaire, comme par dérision. La voiture précédant Gregory avait ralenti ; le conducteur semblait chercher un numéro sur une des entrées maculées de tags. Cet endroit était moins un quartier qu'une zone de bâtiments à moitié détruits entre des chantiers de construction : une sorte de *no man's land* pour lequel se battaient encore deux armées ennemies. Des gens y vivaient, mais pas par choix, et temporairement.

Dans les années soixante-dix, Susan et son ex-mari, le père de ses trois filles, avaient été des membres actifs du Weather Underground*. Elle considérait son passé d'extrémiste et son mariage comme un chapitre clos de sa vie, même si l'effet de ce chapitre avait suffisamment débordé pour qu'elle fût déjà au cinquième mois de sa troisième grossesse lorsqu'elle avait enfin obtenu le divorce. A ce moment-là, son mari était totalement passé dans la clandestinité, et quand elle avait opéré la coupure entre leurs deux vies,

---

* Mouvement radical d'extrême gauche révolutionnaire issu des luttes étudiantes. (*N.d.T.*)

elle avait eu l'impression de faire sa dernière volonté. C'était en tout cas le meilleur choix pour les enfants. Un an plus tard, avec deux femmes blanches et un Noir, il avait tenté de dévaliser un camion de la Brink's à Framingham. Un des convoyeurs avait été tué. L'ex-mari de Susan et l'une des deux femmes avaient été arrêtés le lendemain dans le Nord de l'Etat de New York, et la suite, comme le disait Susan, c'était de l'histoire ancienne.

Gregory avait essayé de faire parler Susan un peu plus de sa vie avec son ex-mari. Cette existence le fascinait, et la légère excitation sexuelle qu'il en retirait lui était incompréhensible. Il aurait voulu, soit transformer son excitation en désir qu'il aurait satisfait, soit l'exorciser entièrement. Il n'y avait aucune photo de cet ex-mari dans l'appartement de Susan, et les enfants ne parlaient jamais de lui. C'était comme s'il était mort avant leur naissance et comme si leur mère était leur unique géniteur.

Bien que les filles aient à peine plus d'un an de différence entre elles, Susan décrivait les choses comme si elle et leur père n'avaient jamais réellement vécu ensemble : "Oh là là, ça remonte à mes années d'études, en fait, à Brandeis. Mais c'était au Mouvement, qu'il était marié, dès le début, comme si c'était lui qui l'organisait, en quelque sorte. Il venait quelques jours, et puis il repartait pour un mois, parfois plus", disait Susan avec cette façon de parler plutôt vague, elliptique, qui laissait Gregory sur sa faim et parfois l'irritait.

Généralement, c'était au lit, tard le soir, qu'ils se mettaient à parler du mariage de Susan, après avoir fait l'amour, au moment où ils fumaient et où ils prenaient le dernier verre de la deuxième bouteille de vin. Gregory ne voulait pas la presser, insister pour qu'elle lui fournisse des détails, des exemples, des dates et des circonstances spécifiques – alors même qu'il aurait bien voulu les connaître tous –, car il craignait qu'elle ne le découvre anormalement rivé à ce chapitre clos de sa vie. "On aurait dit que chaque fois qu'on faisait l'amour je tombais enceinte. Je ne pouvais pas prendre la pilule, elle me rendait malade, elle me donnait des palpitations et plein d'autres trucs, et rien d'autre ne marchait. On ne l'a pourtant pas fait si souvent que ça, disait-elle avec un léger rire.

— Eh bien, au moins trois fois, répondait Gregory.

— *Au moins !* disait-elle en lui lançant un petit coup de poing sur l'épaule. Allez, Gregory, c'est de l'histoire ancienne.

— Je sais, je sais. Je te taquine, c'est tout."

Le véhicule devant lui s'arrêta soudain et Gregory donna un grand coup de frein. L'Audi glissa et s'immobilisa à un mètre de l'autre voiture. Gregory tendit le bras et, perplexe, baissa le volume de la radio. La voiture qui le précédait était une Chrysler de dix ans d'âge, toute cabossée, avec un énorme coffre plat. La plaque d'immatriculation était plus ou moins bien attachée par du fil de fer au pare-chocs arrière, et Gregory s'imagina un instant en train de la réparer avec deux boulons poêliers à vingt cents.

La vitre arrière de la Chrysler était recouverte de neige, et Gregory ne pouvait rien distinguer à l'intérieur. Il tourna les roues vers la gauche et démarra pour dépasser, mais au moment où il arrivait à la hauteur de l'autre voiture, celle-ci se lança en avant comme si elle voulait faire un demi-tour en pleine rue. Gregory écrasa la pédale de frein et tourna le volant à fond. La Chrysler se précipitant à sa hauteur, l'Audi fit une embardée, et quand son pare-chocs avant heurta légèrement le pare-chocs arrière de l'autre véhicule, Gregory crut entendre la plaque d'immatriculation cogner.

Brusquement, la Chrysler s'arrêta en plein demi-tour dans la rue déserte, bloquant le passage de Gregory. Le conducteur sortit du véhicule et marcha lentement en direction de Gregory. C'était un Noir, grand et large, en blouson de cuir et casquette norvégienne, et il avait l'air mécontent. Un deuxième Noir descendit de la Chrysler et le suivit. Ils étaient tous les deux d'âge mûr, comme Gregory, et ils paraissaient irrités mais pas menaçants. Il a commis une erreur, pensa Gregory. Il n'a sans doute pas remarqué que j'étais si près de lui. Gregory appuya sur le bouton qui baissait sa vitre pour s'expliquer, voire pour s'excuser d'une collision qui, si elle avait eu lieu, aurait pu gâcher leur Noël à tous.

"Je croyais que vous étiez arrêté", dit-il. Le plus grand des deux hommes répondit simplement "Ouais", et il balança son poing à travers l'ouverture de la vitre en plein sur le visage de Gregory. Puis les deux hommes se retournèrent, revinrent à leur voiture et remontèrent. Gregory cracha un morceau de dent, se toucha la lèvre du bout des doigts et en ramena du sang. Il regarda le volant et pensa : J'ai dû m'y cogner en m'arrêtant ; j'ai dû me faire mal à la bouche par accident ; il s'est sans doute passé quelque chose dont je n'ai pas conscience.

La Chrysler se remit en position sur la chaussée et partit lentement, ses feux arrière rapetissant dans le lointain neigeux. Gregory se mit à trembler. Une rage le balaya comme une vague froide, et lorsqu'elle l'eut submergé, tout son corps eut brusquement trop chaud. Il toucha de nouveau ses lèvres et découvrit qu'elles avaient enflé pour atteindre le double de leur taille normale. Sa chemise était éclaboussée de sang, et lorsqu'il explora l'intérieur de sa bouche avec sa langue, il s'aperçut que le coup de poing lui avait cassé une dent et qu'il en avait plusieurs autres branlantes.

A présent, la Chrysler était partie et Gregory restait seul dans la rue, assis dans sa voiture avec tous les cadeaux pour Susan et ses enfants. Qu'allait-il faire, maintenant ? Où pouvait-il aller, avec son visage tout enflé et sanguinolent, avec sa poitrine qui se soulevait malgré lui et sa main qui s'agrippait au volant comme si on avait voulu violemment l'extraire de la voiture ? Il était totalement ridicule à ses propres yeux. C'était un imbécile, un homme dont la vie lui était inconnue et lui échappait, un homme dont le passé était égaré et dont l'avenir n'était qu'un fantasme construit, délibérément entretenu. Il avait le sentiment d'être une particule de matière sans attaches, flottant dans l'espace, et la seule chose qu'il désirait, c'était de se retrouver dans sa maison à lui, avec ses enfants à lui et leur mère, à la place qui lui revenait, avec sa vie intacte et toutes les parties de cette vie bien reliées entre elles, à la suite les unes des autres.

Il embraya et partit lentement en direction de l'appartement de Susan, du foyer où elle vivait avec ses enfants. Il savait qu'elle aurait un mouvement de frayeur en le voyant, et puis qu'elle le réconforterait et s'occuperait de lui. Mais ils ne seraient plus ensemble comme ils l'avaient été jusque-là et comme il avait projeté de l'être – tant et si bien que tout en conduisant il dut lutter contre l'envie, horrible et nouvelle, de faire demi-tour.

LA VISITE

Il y a à peine quelques années, fin avril, je suis parti en voiture de chez moi à New York et j'ai traversé le New Jersey pour aller donner une conférence à l'université d'East Stroudsburg, en Pennsylvanie, à l'extrémité sud des monts Pocono, non loin du défilé du Delaware Water Gap.

Etant arrivé avec quelques heures d'avance sur l'horaire convenu avec mes hôtes, j'ai eu le loisir, une fois sur place, de remonter quelque trente kilomètres vers le nord jusqu'à la petite ville de Tobyhanna où ma mère et mon père ont passé une seule année, celle de 1952, avec mon frère, ma sœur et moi. J'avais alors douze ans, mon frère en avait dix et ma sœur six.

Pour tous les cinq, notre année à Tobyhanna a été la plus cruciale de toute notre vie commune. Elle nous a définis : nous sommes devenus cette famille-là, et nous le sommes restés. L'été suivant, ma mère et mon père ont divorcé. Dès lors, même si nous étions pareils, tout le reste est devenu différent. Pas mieux ; différent, c'est tout.

Rétrospectivement, je vois que mes parents ne pouvaient plus maîtriser la rage, la frustration et la peur qui les emportaient. Depuis des années, mon père complotait pour trouver divers moyens de quitter ma mère dont la dépendance et l'hystérie l'emprisonnaient de la même façon qu'elles devaient plus tard m'emprisonner. Ma mère, pour sa part, déployait autant d'efforts que lui pour l'empêcher de partir, ce qui n'aboutissait qu'à donner chaque jour à mon père la sensation d'être encore plus coincé que la veille. Il avait trente-huit ans ; sa vie lui filait entre les doigts. Il estimait, pour une raison ou une autre, qu'il valait mieux que ma mère, qu'il était plus important qu'elle dans l'ordre des affaires du monde. Et il se comportait en conséquence. Ce qui mettait ma mère en fureur.

Mon père était plombier, et il avait été engagé par un entrepreneur de Nouvelle-Angleterre pour superviser l'installation de toute la plomberie, du chauffage et de la climatisation d'un énorme complexe militaire de dépôt et d'expédition de fournitures situé à Tobyhanna. C'était l'une des premières grandes bases militaires de l'après-guerre construites par le gouvernement Eisenhower. Mon père était l'homme que sa société avait envoyé de Hartford pour gérer son plus grand chantier dans un autre Etat, et c'était là une position extraordinaire pour un jeune ouvrier plombier dont l'instruction n'allait pas au-delà de l'école secondaire et dont le travail le plus important jusque-là avait consisté à équiper une nouvelle aile pour l'hôpital des anciens combattants de Manchester, dans le New Hampshire. Mais il était intelligent, dur à la tâche, et il était très beau gosse. En plus, il avait de la chance. Les gens l'aimaient bien, surtout les hommes, et les femmes flirtaient avec lui.

En revanche, il buvait beaucoup, et il s'y mettait de plus en plus tôt chaque jour. Et chaque longue soirée passée au bar de Tobyhanna le rendait un peu plus méchant, parfois même violent. De fait, la mission qu'on lui avait confiée le dépassait complètement, et il était terrifié : pas d'être licencié, mais d'être démasqué, et moins de l'être par les autres que par lui-même.

Je suis entré en voiture dans Tobyhanna, un pauvre paquet de maisons mal entretenues, de garages et de caravanes, le tout disséminé le long d'une route sinueuse délaissée depuis longtemps au profit de l'autoroute Stroudsburg-Scranton, et j'ai immédiatement repéré le bar où mon père avait l'habitude de passer ses soirées après son travail et toute la partie de ses week-ends qu'il pouvait dérober à la maison dans les bois où il avait installé une femme agitée et trois enfants. C'était un village déprimant, misérable malgré la présence du dépôt de l'armée, ou peut-être à cause de cette présence.

J'ai garé ma voiture devant le bar de la rue principale, j'ai éteint le moteur et je suis allé à l'intérieur. Tout était sombre, sale et humide, avec des relents de vieille bière, de sueur, d'œufs durs dans du vinaigre. Il y avait un juke-box au fond et un comptoir en U, recouvert de lino, qui s'étendait sur toute la longueur de la salle, ainsi que plusieurs panneaux de marques de bière dont les lettres de néon clignotaient faiblement dans la vitrine.

J'ai commandé une bière à la femme entre deux âges derrière le bar, une personne dont le double parfait, rond et grisâtre – sa jumelle, me suis-je dit, ou en tout cas sa sœur – était installé sur un tabouret de mon côté du comptoir. Elle était assise à côté d'un homme qui avait subi une trachéotomie et qui lui parlait dans un râle dur, électronique.

Un deuxième homme était perché sur un tabouret à quelque distance de moi : un maigrichon dans les cinquante ans passés, aux bras couverts de tatouages mal dessinés. Sa tête dodelinait au-dessus d'une bouteille de bière, et il n'a pas semblé me remarquer quand je me suis assis.

Cet endroit n'avait pas changé d'un poil en trente-quatre ans, depuis la dernière fois où j'y étais venu. L'image double de la femme derrière le bar et de celle qui était assise à côté de l'homme à la gorge trouée a eu l'effet d'une drogue, ou d'une formule mathématique, ou d'une hallucination : elle a doublé instantanément ce lieu du souvenir que j'en avais, accolant à ma venue à Tobyhanna aujourd'hui le souvenir d'un samedi d'hiver où mon père nous avait conduits en ville, mon jeune frère et moi, en prétextant qu'il allait faire quelques provisions ou d'autres courses. Je ne sais plus exactement pourquoi nous, les trois éléments masculins, avions quitté la maison, le foyer, pour aller en ville ce jour-là, de même que je ne savais pas précisément, tant d'années après, pourquoi j'avais décidé de partir de Stroudsburg vers le nord alors que j'aurais pu flâner quelques heures sur le campus de l'université et tuer ainsi le temps plus facilement et plus agréablement. Le besoin de partir avait été impérieux, mais je ne m'en rappelais plus la raison.

Je me souviens que mon père est allé directement dans le bar avec mon frère et moi, et que, là, ses potes – des soldats et des ouvriers du bâtiment – nous ont acheté du Coca et des chips, à mon frère et à moi. Ils nous taquinaient parce que nous étions des miniatures, des imitations d'hommes, puis ils faisaient l'éloge de nos qualités masculines parce qu'ils se targuaient, eux, d'être des hommes. Pendant ce temps, à quelques tabourets de distance, mon père se penchait sur l'épaule d'un de ses amis et lui parlait fiévreusement à l'oreille. Puis il a souri à une grosse femme (du moins je la voyais ainsi) assise près de lui, qui avait du rouge vif sur les lèvres. Il lui a tapoté affectueusement l'avant-bras et, très vite, il ne s'est plus occupé que d'elle, laissant un bon moment son copain boire seul. Tout cela, je l'ai vu.

La femme du bar s'est dandinée jusqu'à moi. Elle a pris ma bouteille presque vide, l'a examinée et l'a reposée. "Vous en voulez une autre ?"

J'ai fait non de la tête.

Elle a allumé une cigarette et elle a avalé furieusement la fumée – c'était une femme imposante, rouge de figure, qui fumait comme un bateau à vapeur –, et elle a étudié mon visage de la même façon qu'elle avait scruté ma canette de bière. "Vous n'êtes pas du coin, a-t-elle affirmé.

— La dernière fois que je suis entré ici, c'était il y a trente-quatre ans", ai-je répondu.

Elle a eu un rire bref, un rire qui ressemblait plutôt à un aboiement. "Ça n'a pas changé.

— Non, j'ai dit, c'est resté pareil."

L'homme près de moi au bar, celui dont la tête dodelinait comme une fleur trop lourde pour sa tige, était quelque peu éveillé, à présent, et il m'observait. "Vous êtes pas assez vieux pour avoir été ici il y a trente-quatre ans, a-t-il grommelé.

— J'étais tout gosse, à l'époque. J'étais avec mon père. C'est lui qui m'avait emmené ici."

L'homme s'est redressé, et, en balayant l'air de ses bras, il a désigné chacun des quatre coins de cette salle miteuse. "Cet endroit, a-t-il déclaré, n'a pas changé. Vous êtes d'où ?

— De New York.

— Ah ! s'est-il exclamé avec un ricanement. Ça, a-t-il repris en se mettant de nouveau à balayer l'air de ses bras et en montrant les trois autres clients au bar comme s'ils constituaient un lieu, ça, c'est la bonne vie ! Ici, on ne ferme jamais sa porte à clé. On est en sécurité. Pas comme, comme votre bordel de New York."

J'ai acquiescé de la tête, je suis descendu de mon tabouret et je me suis dirigé vers la porte.

Il m'a rappelé : "Hé, l'ami, on veut pas vous chasser !" Il a eu un rictus découvrant ses dents cassées derrière des lèvres rouges et distendues, et il s'est mis à glousser de la blague qu'il m'avait faite, puis à tousser, tant et si bien qu'à la fin sa toux était incontrôlable, sifflante et triomphante. Je me suis dépêché de sortir et de regagner ma voiture.

Alors que nous rentrions de ce bar, que j'étais assis devant et mon père à l'arrière, mon père a déclaré : "Ecoutez, les gars, on va dire qu'on a été au dépôt de l'armée. Au bureau. D'ailleurs, j'aurais dû y aller pour étudier quelques plans, alors autant dire que c'est ce qu'on a fait, d'accord ?" Il m'a regardé fixement. "D'accord ?

— Oui, oui, ai-je répondu ; ça m'est égal."

Par la vitre, j'ai jeté un coup d'œil songeur aux pâles rideaux de neige en train de tomber, aux maisons qui surgissaient de temps à autre sur le côté, aux ombres ténébreuses des arbres, et aux monts Pocono qui bouchaient le ciel. Ça m'était égal.

Mon frère n'a rien dit, mais mon père ne lui a pas demandé de se taire. C'était moi, qui l'inquiétais ; c'était moi que ma mère allait interroger.

La maison en elle-même n'avait pas changé. A part la couche de peinture bleu-gris, c'était toujours la même construction à un étage, du genre maison de ferme, avec son long appentis à l'arrière et la grange sans peinture, usée par les intempéries, de l'autre côté de l'allée circulaire. Les deux cheminées en pierre, à chaque extrémité du bâtiment, faisaient pendant aux deux immenses érables qui se dressaient près de la route. Un petit panneau en bois, suspendu à l'un des arbres, annonçait : RESTAURANT RETTSTADT. DÎNER VEN. – SAM. 17 HEURES-21 HEURES. Je ne pouvais pas imaginer qui aurait l'idée de venir ici depuis Tobyhanna, de rouler pendant huit kilomètres à travers bois sur une route étroite, sinueuse et escarpée, où l'on ne trouvait qu'une douzaine de maisons au maximum – des pavillons à moitié finis et déjà en mauvais état, des mobile homes posés sur des parpaings entre des carcasses de voitures et de vieux pneus ou des frigos au rebut – pour aller dîner au *Rettstadt*. J'ai regardé ma montre : quatre heures quarante-cinq. J'ai quitté la route pour entrer dans l'allée de garage et je me suis garé à côté de la véranda de derrière face à la porte qui, à l'époque où nous habitions là, donnait dans la cuisine. J'ai alors senti mes membres se ramollir et s'alourdir de sang, en même temps que mon cœur cognait furieusement, comme si je me trouvais à l'entrée d'une grotte.

Lorsque mon père, mon frère et moi sommes arrivés à la maison, la neige tombait très fort, et mon père a dit à ma mère que c'était justement la neige qui l'avait retenu : il était resté enlisé deux fois, et en outre il avait dû passer pas mal de temps au bureau à travailler sur des plans qu'on mettrait en œuvre lundi. Voilà pourquoi nous rentrions si tard de la ville.

Ma mère l'a regardé d'un air fatigué. C'était toujours la même histoire, le même défi qui lui était lancé, celui d'affronter son mari une fois de plus : soit croire ce menteur, soit le mettre en rage en l'obligeant à dire la vérité.

Je sais, grâce aux photos, que ma mère était une jolie femme : petite, blonde, avec des traits bien dessinés, des yeux noisette animés et une bouche sensuelle. Elle aimait se qualifier elle-même de menue. Les gens disaient qu'elle ressemblait à des femmes connues pour leur beauté – Claudette Colbert, Ann Blyth, Bette Davis –, et c'était vrai. Bien qu'en réalité différente d'elles, elle appartenait au même type de beauté. Je me souviens d'elle cet après-midi-là, debout devant la cuisinière, une louche à la main, tournée vers une marmite fumante – mais il s'agit, là aussi, d'une image générique, comme celle de sa beauté. Un samedi après-midi, donc, et il neigeait.

Mon frère l'a évitée en la contournant, et il a disparu comme une souris, traversant la salle de séjour et filant par l'escalier vers la chambre inutilisée à l'étage, une sorte de grenier à l'arrière de la maison où nous avions installé nos trains électriques. Quant à ma sœur, je n'avais aucune idée de l'endroit où elle se trouvait : peut-être dans la cuisine, peut-être passait-elle l'après-midi avec une amie. Les enfants de la campagne allaient souvent les uns chez les autres, le week-end. Cela simplifiait les trajets en voiture des parents. J'ai traîné un peu à côté de la porte de la cuisine, comme si j'attendais des ordres de la part de mon père ou de ma mère. Mais ils se dévisageaient avec colère et semblaient ne plus se rendre compte de mon existence.

Ma mère a dit : "Je sais où tu es allé. Je le sens sur toi. Je peux aussi la sentir, elle."

Le visage de mon père s'est empourpré et il a jeté à ma mère un regard furieux, lancé de toute sa hauteur qui, étant donné le petit gabarit de ma mère et mes douze ans, me paraissait considérable. Il ne dépassait pourtant pas un mètre quatre-vingt-deux, ce qui est également aujourd'hui ma taille. Il s'est mis à lui crier dessus. D'abord la fureur est montée en lui, puis elle a débordé, sans mots – ou, du moins, sans mots dont je me souvienne –, en une sorte de rugissement continu auquel ma mère a répliqué par une suite de cris aigus, de pleurs, d'onomatopées, de gémissements – encore une fois sans paroles dont je puisse me souvenir aujourd'hui ; et d'ailleurs je ne pouvais sans doute pas les percevoir à l'époque, car il suffisait d'entendre le ton pour comprendre la rage navrante qui dressait cet homme et cette femme l'un contre l'autre, comme deux bêtes qui, coincées côte à côte, chacune avec un membre pris dans les mâchoires du même piège cruel, finissent par ronger la chair et les os de leurs propres membres prisonniers.

Ce qui avait été la cuisine, en 1952, était aujourd'hui une salle à manger de restaurant. Le sol était tapissé d'une moquette vert vif pour extérieur et intérieur. Les murs étaient recouverts de panneaux en faux pin avec des tableaux bon marché représentant un torrent à truites où un cerf se penche pour boire, une grange avec un silo et des vagues de grain couleur d'ambre, un pont couvert, et, en arrière-plan, d'épais rameaux de feuillage automnal. J'ai perçu une odeur de repas qu'on prépare et je suis entré, passant par la porte qui, jadis, menait à l'appentis derrière la cuisine. J'ai découvert qu'elle donnait à présent sur une grande pièce ouverte, remplie de plans de travail en inox, de lave-vaisselle, d'éviers et de cuisinières. Dans l'angle le plus éloigné, j'ai remarqué un homme de petite taille en pantalon blanc et en T-shirt, en train de récurer des ustensiles dans un évier. Il m'a salué de la main en m'apercevant, comme s'il m'attendait. Je lui aurais donné presque la soixantaine. Il avait un visage carré et un corps trapu, épais.

J'ai dit : "Je ne suis pas venu manger, ne vous inquiétez pas."

Il a souri et il a hoché la tête. "On n'est pas prêts, de toute façon. C'est trop tôt.

— En tout cas, je ne suis pas venu manger, ai-je répété. J'habitais ici, autrefois."

Il m'a jeté un long coup d'œil depuis l'autre côté de la pièce. Puis, en pinçant les lèvres, il a articulé mon nom de famille. Mon nom !

"Oui, ai-je dit stupéfait. C'est exact !" Je ne connaissais pas cet homme, je ne l'avais jamais vu. J'ai senti mon père surgir à côté de moi, immense, rouge et tout échauffé, et j'ai regardé impulsivement sur ma gauche, là où je sentais le plus sa présence. Je me suis penché pour m'écarter de lui, puis je me suis ressaisi et, de nouveau bien droit, j'ai considéré le petit homme en blanc qui se tenait devant moi.

Il a posé la cuillère qu'il était en train de frotter et il a fait un pas vers moi. Il a énoncé le prénom de mon père et son nom de famille. "Le plombier, c'est ça ? Le gars qui s'occupait de plomberie ?

— Eh bien, oui. Mon père. C'est pas moi, en fait. Je suis son fils."

Il a scruté mon visage quelques secondes comme s'il ne me croyait pas. Il regardait un homme aux cheveux gris, bientôt quinquagénaire, un homme qui avait presque dix ans de plus que mon père en 1952. Et pourtant j'étais plus probablement mon père que le fils de mon père.

Je lui ai dit que mon père était mort depuis plus de cinq ans.

Il m'a répondu que c'était une triste nouvelle et m'a demandé de quoi il était mort.

J'ai dit : "Il s'est plus ou moins tué à force de boire."

Il a hoché la tête. "Ouais, ces mecs du bâtiment. Ils n'y vont pas de main morte sur la bouteille, presque tous. C'était moi qui m'occupais du ravitaillement en nourriture pour le chantier où travaillait votre père, là-bas au dépôt, a-t-il dit. J'étais un gamin, à l'époque, je venais juste de finir mon service militaire. J'ai connu votre père. C'était un sacré gars ! Quelqu'un qu'on n'oublie pas. Il avait ce qu'on appelle de la personnalité, votre père." Il s'est essuyé les doigts avec une serviette et m'a tendu la main. "George Rettstadt, a-t-il dit. J'ai acheté cette maison quelques années après que votre père y a habité. Il louait, pas vrai ? Il a fait venir votre mère et les enfants de quelque part en Nouvelle-Angleterre pendant quelque temps, pas vrai ? Bon, jetez un coup d'œil si ça vous fait plaisir. J'ai fait tout un tas de modifications, comme vous pourrez constater", a-t-il ajouté en lançant ses bras vers les quatre coins de la pièce comme l'ivrogne au bar.

J'ai acquiescé. Il y avait eu beaucoup de rénovations. Et cependant, c'était la même maison, et son odeur était identique pour moi. La lumière tombait à des angles familiers à travers les érables et les fenêtres hautes et étroites. Les pièces s'ouvraient sur les mêmes autres pièces que toujours. Rettstadt avait transformé l'appentis en cuisine et la cuisine en salle à manger. Il avait recouvert les murs et les planchers, il avait abaissé des plafonds, accroché des lampes en laiton et des tableaux de mauvais goût. Il avait donné une tout autre fonction à la maison – même s'il continuait à y habiter, m'a-t-il affirmé : à l'étage. La salle de séjour était convertie en deuxième salle à manger, plus grande que l'autre et réservée aux banquets qui constituaient le gros de son travail. "Vous savez, a-t-il dit, le Lions Club, les scouts, des trucs comme ça. Des réunions, des mariages, des occasions comme ça."

Rettstadt me précédait et me montrait les modifications tandis que je voyais seulement la maison cachée sous celle-ci, la maison blanche sous la maison bleue, la ferme dans les bois, moche et délabrée, où un homme jeune avait relégué sa malheureuse femme et ses enfants désorientés alors qu'il se rendait en ville tous les matins pour travailler et tous les soirs pour boire, et qu'il s'efforçait d'inventer l'homme qu'il ne pourrait jamais devenir.

En ce samedi neigeux de jadis, tandis que ma mère hurlait contre mon père et qu'il lançait des aboiements furieux vers le petit visage qui lui crachait sa colère, j'ai fini par les contourner en courant et par fuir la cuisine pour gagner la chambre que je partageais avec mon frère à l'étage. C'était une pièce d'angle avec deux longues fenêtres d'un côté et nos lits jumeaux de l'autre. Je me rappelle m'être allongé sur mon lit – celui qui était le plus proche de la fenêtre – et avoir été en train de lire, sans doute une bande dessinée, avec mes pieds mouillés sur le couvre-lit tout propre, mon bras plié sous ma tête, lorsque la porte s'est ouverte avec violence et ma mère, tournoyant au-dessus de moi comme un grand oiseau, m'a agrippé par la chemise et m'a tiré d'un coup sec, me faisant asseoir près d'elle sur le lit.

"Dis-le-moi ! s'est-elle écriée. Dis-le-moi, où vous êtes allés ! *Toi*, ne me mens pas aussi !" Elle a levé la main et l'a tenue, la paume vers l'extérieur, à quelques centimètres de mon visage comme si elle voulait que je lise dessus. Elle a dit : "Ne me mens pas ou, je te le jure, je vais devenir folle. Dis-moi où vous êtes allés, tout cet après-midi ! Je sais qu'il t'a emmené au bar et que vous n'étiez pas au dépôt. Il est allé au bistro, c'est tout. Et il y avait une femme, là-bas, je le sais. Dis-moi la vérité."

Je n'ai pas protesté, je n'ai pas hésité. J'ai hoché la tête de haut en bas, et j'ai dit : "Nous sommes allés au bar en ville. Pas ailleurs. Il y avait une femme."

Elle a souri, elle a essuyé les larmes sur ses joues et elle s'est levée. "Tu es un bon garçon, a-t-elle dit, un bon garçon." Elle s'est retournée et elle est partie de la chambre. Je me suis recouché en tremblant, et au bout de quelques secondes le grésillement des trains électriques de la pièce du fond a remplacé le bourdonnement dans ma tête. Je crois que je me suis endormi.

Quand George Rettstadt m'a demandé si je voulais voir comment il avait transformé les chambres à l'étage, où, disait-il, il avait aménagé un grand appartement pour lui et sa femme, j'ai senti ma poitrine se serrer. "Non, ai-je dit très vite, comme s'il m'avait invité à bien regarder quelque chose d'horrible. Non, ça ira comme ça, je suis pressé, d'ailleurs, ai-je répondu en me dirigeant doucement vers la porte. J'avais envie de marcher un peu dans le jardin. Je voulais voir l'endroit où je jouais avec mon frère et ma sœur. Vous comprenez.

— Bien sûr, a dit Rettstadt. Prenez tout le temps que vous voulez. Regardez tout ce que vous avez envie de voir, rien n'est fermé à clé. Vous savez, on ne ferme jamais à clé, par ici." Il a ouvert la porte, nous nous sommes serré la main et je suis passé à l'extérieur. Ma respiration s'était accélérée.

J'ai un peu traîné dans la grange, mais je n'y ai rien vu qui me parle. Je suis resté debout, immobile dans ce lieu sombre et encombré, et c'était comme si je fonctionnais au ralenti, me reposant, conservant mes forces pour un effort plus rude à venir.

Un instant plus tard, j'ai fait le tour par l'arrière de la maison, et, dans le crépuscule qui tombait, j'ai traversé un enchevêtrement de broussailles et franchi des murs de pierre en train de s'écrouler pour me retrouver près de la maison, mais de l'autre côté, juste au-dessous de la fenêtre de mon ancienne chambre.

Le pas lourd de mon père dans l'escalier m'avait réveillé. Il a ouvert toute grande la porte de la chambre, et j'ai su aussitôt, aussi nettement que si j'avais été debout en bas dans la cuisine entre ma mère et lui, ce qui s'était passé pour eux quand elle était revenue de ma chambre, armée de ma trahison. Tout à fait lucide, acceptant la chose au point de la souhaiter, je savais ce qui allait éclater maintenant entre lui et moi.

La violence provoque une lumière blanche et de la chaleur à l'intérieur de la tête, et cela aussi bien chez celui qui bat l'autre que chez celui qui est battu. Il n'y a jamais d'obscurité ni de froid. Cela se produit à l'instant du contact violent, avant qu'on ressente de la douleur, voire de la peur ou de la culpabilité. De sorte que la douleur, la peur et la culpabilité en viennent à être considérées comme le prix qu'on doit payer après coup pour cette extraordinaire immolation.

C'est comme si la violence était un cadeau sans prix. En plus de la lumière et de la chaleur, ce cadeau suscite de superbes rêves de vengeance qui durent pendant des dizaines de générations de pères et d'enfants, de maris et de femmes. C'est un cadeau qui forme et qui alimente des fantasmes où on est aussi grand qu'un glacier, aussi dur que du fer, aussi rapide que la lumière et aussi imprévisible qu'un volcan.

Lorsqu'un homme fort vous frappe à la tête, vous lance un grand coup dans les côtes et vous jette au sol, vous découvrez instantanément que vous êtes déjà à moitié dans un récit qui décrit votre retour à ce moment, une narration dont la fonction première est d'effectuer un renversement : de transformer l'enfant en homme, le faible en fort, le méchant en bon. *Ecoute-moi* : vous êtes pris au piège du récit, et, pour exprimer ce renversement, il n'y a pas d'autres mots disponibles que ceux qui ont présidé au début du récit, à l'ouverture du drame. Et, *oh !* lorsque ça se produit, voilà que je me lève du lit étroit dans la chambre d'angle que je partageais avec mon frère à Tobyhanna en 1952, et que je noie la rage de mon père mort dans cette fureur terrible et infinie qui est la mienne.

J'ai fini par quitter cet endroit sous la fenêtre de la chambre pour remonter dans ma voiture et retourner à Tobyhanna puis à l'université d'East Stroudsburg où, ce soir-là, j'ai donné une conférence à un petit groupe d'étudiants et d'enseignants. Ils ont paru apprécier ce que je disais et ils l'ont exprimé par des applaudissements mesurés et bienveillants. Ensuite, nous avons mangé et bu un peu de vin dans un restaurant du voisinage avant que je reparte en voiture pour New York.

Je n'irai pas revoir la maison de Tobyhanna ni le bar en ville, de même qu'après y être revenu une fois je ne suis pas allé revoir les autres maisons où nous avons vécu durant mon enfance, ni les appartements ou les bars de Floride, de Boston et du New Hampshire où j'ai appris pour la première fois qu'il était nécessaire de protéger de moi d'autres personnes, aussi bien des personnes qui m'aimaient, hommes ou femmes, que des personnes qui m'étaient totalement étrangères, hommes ou femmes. Je ne reviens qu'une fois à chacun de ces endroits, et je me tiens en silence devant une fenêtre ou une porte pour rejouer délibérément les événements horribles qui s'y sont déroulés. Ensuite, je vais ailleurs.

J'ai voyagé beaucoup, au cours des quelques dernières années, et par conséquent j'ai désormais accompli presque tous mes pèlerinages. Quand je serai revenu sur tous les lieux où quelqu'un m'a battu ainsi que sur tous les lieux où j'ai battu quelqu'un, quand il ne me restera donc plus nulle part où aller, alors je n'aurai plus, pour le restant de ma vie, qu'à me tourner vers mes souvenirs, vers ces récits, pour retrouver la chaleur, la lumière et le moment terrible, se répétant sans cesse, où tout cela prend fin.

LA SOIRÉE HOMARD

Stacy n'avait pas l'intention de dire à Noonan qu'à l'âge de dix-sept ans elle avait été frappée par la foudre. Elle le racontait rarement, et jamais à un homme qui l'attirait ou avec qui elle espérait coucher sous peu. Au dernier moment, il y avait toujours un signal d'alarme qui se déclenchait dans son cerveau, et elle changeait de sujet pour poser une question du genre "Comment va votre femme ?" ou "Vous en désirez un autre ?". Elle était barmaid pour l'été au restaurant *Noonan*, une construction en rondins, tout en longueur, dont l'entrée principale et la cuisine donnaient vers la route. A l'arrière, il y avait les trois grandes baies vitrées de la salle à manger, et une vaste terrasse en séquoia, suspendue en porte-à-faux au-dessus de la cour, d'où on pouvait savourer une superbe vue des monts Adirondacks au soleil couchant. Sur le panneau, on lisait : NOONAN, RESTAURANT FAMILIAL, mais il s'agissait en réalité d'un établissement de bord de route, d'un de ces bars qui ont surtout comme clientèle (sauf pendant la saison de ski et les week-ends d'été où des touristes avec des enfants s'arrêtent par erreur pour déjeuner ou dîner) de solides buveurs venus des multiples hameaux avoisinants.

Le soir où Stacy a parlé à Noonan de la foudre est aussi le soir où elle l'a tué d'un coup de fusil.

177

Elle avait loué un petit chalet en forme de A au tarif "basse saison" dans un des petits villages de la région. Son travail chez *Noonan* s'arrêterait lorsque les neiges d'hiver descendraient en rafales du Québec et de l'Ontario. De mai à novembre, elle servait en salle ou s'occupait du bar dans l'un ou l'autre des restaurants de la région, et le reste de l'année elle enseignait le ski alpin à la station du mont Whiteface. C'était là son vrai travail, sa profession, et elle avait la beauté saine et blond cendré d'une de ces filles qu'on voit sur les affiches publicitaires invitant les femmes à pratiquer les sports nordiques. Elle était grande, large d'épaules, avec des muscles plats, une mâchoire carrée, des pommettes haut placées. En dépit des apparences, cependant, elle se considérait comme une ex-athlète de vingt-huit ans au visage sans charme, et elle mettait l'accent sur cet *ex-*. Huit ans plus tôt, elle avait été capitaine de l'équipe de ski de descente de l'université St Regis – équipe classée nationalement. Etudiante de deuxième année, elle était déjà une star. Puis, au cours des éliminatoires régionaux de l'Est, elle avait pris des risques et, lors du slalom géant, elle était partie dans une chute spectaculaire où, après avoir fait la roue, elle s'était fracturé la cuisse gauche en plusieurs endroits. La vidéo des dix dernières secondes de cette chute passait encore dans le générique de la rubrique sports du journal télévisé du soir à Plattsburgh.

Après un an de kinésithérapie, elle était retournée à l'université et sur les pentes, mais elle avait perdu son intrépidité et, avec elle, son intérêt pour les études. Elle quitta l'université avant les vacances d'automne. Ses parents avaient échangé depuis longtemps leur maison contre un camping-car, et ils s'étaient retirés dans un parc à caravanes semi-permanent à l'extérieur de Phoenix, en Arizona. Les trois frères aînés de Stacy étaient partis pour le Sud de l'Etat, à Albany, où ils avaient trouvé du travail dans le bâtiment. Mais Stacy revint là où elle avait grandi. C'était un endroit où elle avait des amis depuis le lycée, pour la plupart des femmes, qui la considéraient toujours comme une star. "Vous savez, disaient-ils aux gens qu'ils rencontraient, Stace était sûre d'arriver aux Jeux olympiques." Elle vécut alors brièvement et d'affilée avec trois hommes de la région, âgés d'un peu plus de trente ans, qu'elle qualifiait déjà de *losers* alors même qu'elle était avec eux : des mecs à l'élocution lente, portant barbe et queue de cheval, avec des pick-up rongés de rouille et de gros chiens auxquels ils mettaient un bandana en guise de collier. Sinon – et c'était la plupart du temps le cas –, elle vivait seule.

Stacy n'avait jamais encore tenu le bar chez Noonan, un lieu un peu plus rude que ceux auxquels elle était habituée. Mais elle avait de l'expérience et elle avait su prendre des manières ouvertes, se dotant de quelques bonnes reparties ainsi que d'un genre décontracté qui la mettait à l'abri des familiarités de la clientèle masculine. Car, malgré ses manières et son genre, elle avait besoin d'une telle protection : c'était une fille timide, de la campagne et du Nord, et, quand il était question d'histoires personnelles, elle parlait fort peu d'elle-même. Non qu'elle eût des secrets, mais parce qu'il y avait tant de choses en elle qu'elle ne saisissait pas encore. Elle comprenait bien, cependant, que ce dont elle n'avait absolument pas besoin, ce dont elle ne voulait pas, c'était d'une liaison amoureuse avec un homme comme Noonan – marié, de vingt ans son aîné, et son patron. Pourtant, elle se sentait très attirée par lui. Et plus que sexuellement. Ce qui explique qu'elle ait été prise au dépourvu.

C'était fin août, un jeudi, l'après-midi de la Soirée Homard. Le local était vide, et Stacy et Noonan étaient debout derrière le comptoir, hanche contre hanche, à examiner le bac à homards. Au mois de juin, Noonan, qui faisait lui-même toute la cuisine, avait décidé qu'il pouvait attirer une meilleure catégorie de clients et simplifier aussi sa carte s'il offrait un menu spécial chaque soir de la semaine, menu qu'il signalait sur un tableau d'écolier suspendu à l'extérieur au panneau annonçant son restaurant. Le lundi devenait ainsi la Soirée Mexicaine avec des margaritas à un dollar ainsi que du riz et des *frijoles refritos* à volonté. Le mardi était la Soirée Foie à l'Oignon. Le mercredi était la Soirée Maïs Frais du Terroir, même si jusqu'à la mi-août le maïs ne venait pas des jardins des Adirondacks mais du Sud du New Jersey et de Pennsylvanie, *via* l'hypermarché Grand Union de Lake Placid. Et le jeudi – jour où les gens du coin mangeaient rarement dehors et devaient donc être sollicités par quelque chose de plus que simplement spécial – était devenu la Soirée Homard. Quant aux weekends, Noonan estimait qu'ils se suffisaient à eux-mêmes.

Noonan avait installé au bout du bar l'aquarium inutilisé de son fils adolescent – un aquarium pour poissons tropicaux –, l'avait rempli d'eau et s'était entendu avec un fournisseur d'Albany pour que celui-ci passe tous les lundis en allant à Lake Placid et qu'il y mette une douzaine de homards vivants. Toute la semaine, les homards montaient et descendaient lentement dans l'eau trouble du bac comme des pensées sombres. En général, dès le mardi après-midi, les habitués du bar avaient déjà donné aux crustacés des noms tirés de légendes locales (légendes de beuverie, d'exploits de chasse et de bagarres de bistro), des noms tels que Marsh, Redeye et Honest Abe ; puis ils pariaient sur l'ordre dans lequel ils seraient exécutés. Dans les villages des alentours, le jeudi devint rapidement le jour préféré de tous pour dîner dehors, et en peu de temps Noonan doubla sa commande à son fournisseur, congestionnant l'aquarium et faisant de la Soirée Homard un événement presque de délivrance pour les pauvres créatures entassées.

"Soit tu devrais te procurer un aquarium plus grand, soit tu devrais acheter moins de homards", a conclu Stacy.

Noonan a éclaté de rire. "Stace, a-t-il dit, si tu le compares aux boîtes en carton où on met ces bestioles, cet aquarium est le paradis du homard. Quatre jours à nager là-dedans, c'est presque comme être en toute liberté, pour eux." Il a laissé sa main reposer lourdement sur l'épaule de Stacy en pianotant du bout d'un doigt sur sa clavicule. "De toute façon, ils ne voient pas la différence. Ils sont plus bêtes que des poissons, tu sais.

— Tu ne sais pas ce qu'ils ressentent ou ce qu'ils ne ressentent pas. Si ça se trouve, ils passent les quelques jours avant leur mort complètement paniqués par le manque d'espace. En tout cas, moi, c'est ce qui m'arriverait.

— Ouais, bon, je vais pas jusque-là, Stace. Essayer de savoir ce que des homards ressentent, c'est prendre le chemin du végétarisme. Le chemin des brouteurs."

Cette remarque a fait sourire Stacy. Noonan, comme la plupart des hommes qu'elle connaissait dans les Adirondacks, était depuis toujours un fervent de la chasse – surtout de la chasse au cerf, mais aussi au gibier à plume et au lapin, qu'il faisait manger à sa famille et qu'il ajoutait parfois aussi au menu du restaurant. Il chassait également – au fusil ou au piège – des animaux qu'il ne mangeait pas : des renards, des coyotes, des lynx et même des ours dont il vendait la peau. Normalement, tout cela aurait dégoûté Stacy ou l'aurait sérieusement fait douter du caractère de Noonan. Bien qu'elle ne fût pas particulièrement tendre ou sentimentale à l'égard des animaux, le fait de capturer et de tuer des bêtes qu'on ne comptait pas manger lui paraissait insensé. Elle était sûre que c'était de la cruauté, et pas loin d'affirmer que c'était du sadisme.

Chez Noonan, cependant, cette cruauté revêtait pour elle un attrait bizarre. Noonan était un homme de haute taille, avec une certaine beauté rude et mal dégrossie. Large d'épaules et de bras, il avait un visage bien rasé et des cheveux coupés très court sur une tête qui semblait trop petite d'une taille ou deux pour son corps. Cela lui donnait, aux yeux de Stacy, un air adolescent et chaque fois qu'il montrait des signes de cruauté – comme lorsqu'il n'arrêtait pas de taquiner (d'une façon pas toujours très bon enfant) Gail, sa serveuse attitrée, ou les frères LaPierre, deux gamins du lycée qu'il engageait l'été pour faire la vaisselle et débarrasser les tables – il paraissait à Stacy encore plus adolescent que d'habitude. Tout cela avait quand même une certaine innocence, pensait-elle. La même innocence curieuse, détachée du monde, que possédaient les animaux qu'il prenait plaisir à tuer.

Un homme aussi masculin, aussi *différent* des femmes, peut en fait vous donner la sensation d'être plus féminine, comme si vous apparteniez à une autre espère que lui. Ce qui vous délivre de l'obligation de vous comparer à lui.

"T'as jamais essayé ça ? Le végétarisme ?" a demandé Noonan. Il a tapoté d'un doigt contre la paroi de l'aquarium, comme s'il invitait un des homards à s'approcher.

"Une fois. J'avais dix-sept ans. J'ai continué un bon moment, deux ans, en fait. Jusqu'à ce que je me fracture la jambe et que je sois obligée de quitter la fac." Il connaissait l'histoire de l'accident de Stacy ; tout le monde la connaissait. Stacy avait été une héroïne locale avant sa fracture et une célébrité après. "Mais c'est pas facile, de rester végétarienne à l'hôpital : c'est ce qui m'a fait arrêter.

— Sans déconner. Et qu'est-ce qui t'y avait poussée au départ ?"

C'est alors qu'elle le lui a dit : "J'ai été frappée par la foudre."

Il l'a regardée. "La foudre ! Oh là ! Sérieux ? Comment ça s'est passé ?

— Comme toujours, je crois. Je faisais autre chose, à ce moment-là. Je montais l'escalier pour aller me coucher – c'était dans la maison de mes parents. Il y avait un orage, j'ai touché l'interrupteur sur le mur, et bang ! Comme on dit, un éclair surgi de nulle part.

— Mais elle ne t'a pas tuée, a remarqué Noonan avec tendresse.

— Non, mais elle aurait pu. On peut quand même dire qu'elle m'a *presque* tuée.

— Mais elle ne t'a pas tuée.

— C'est vrai. Mais *presque*. Et ce n'est pas la même chose que de dire «elle ne m'a pas tuée». J'espère que tu me comprends.

— Ouais, mais maintenant, ça va, non ? Je veux dire, il n'y a pas de séquelles durables ? A part, bien sûr, ton petit flirt avec le végétarisme." Il lui a serré le muscle sur l'épaule et lui a adressé un sourire réconfortant.

Elle a soupiré. Puis elle lui a souri à son tour – elle aimait la façon dont il la touchait –, et elle a essayé encore une fois. "Non, ça m'a réellement transformée. C'est vrai. La foudre a traversé mon corps et mon esprit ; j'en suis presque morte, même si ça n'a duré qu'une fraction de seconde, et puis c'est tout.

— Mais maintenant, tu vas bien, non ?

— Bien sûr.

— Alors, c'était comment, de te faire frapper par la foudre ?"

Elle a hésité un instant avant de répondre. "Eh bien, j'ai cru qu'on m'avait tiré dessus. Un coup de fusil. Sans blague. Il y a eu un grand bruit, comme une détonation, et quand je me suis réveillée, j'étais allongée au pied de l'escalier. Mon père et ma mère étaient penchés sur moi comme si j'étais morte, et j'ai demandé : «Qui m'a tiré dessus, papa ?» Pendant longtemps, ça m'a vraiment brouillé le cerveau. J'ai essayé de savoir si quelqu'un d'autre, dans les gens que je connaissais, avait été frappé par la foudre, mais je n'ai trouvé personne. Il y a des gens qui m'ont dit qu'ils connaissaient quelqu'un, ou qu'ils avaient entendu parler de quelqu'un qui avait reçu la foudre et avait survécu. Mais je n'ai jamais rencontré en chair et en os quelqu'un à qui ce soit arrivé. J'étais la seule personne que je connaisse qui ait connu cette expérience-là. Et je le suis toujours. C'est bizarre, mais quand tu es la seule personne qui a subi quelque chose qui t'a transformée en quelqu'un de totalement différent, ça te fait l'effet, pendant un certain temps, d'être toute seule sur ta propre planète. C'est comme si t'étais un ancien du Viêtnam et que tu ne connaissais personne d'autre qui ait été au Viêtnam.

— Je peux bien capter ça", a dit Noonan d'un air sombre, bien qu'il n'ait jamais été au Viêtnam. Il a plongé son regard dans les yeux bleus de Stacy. "C'est pareil pour moi. Sauf que pour moi, c'est venu d'un ours. Est-ce que je t'ai jamais parlé de l'ours qui m'a détruit mon campement ?

— Non, Noonan.

— C'est pareil. C'est comme être frappé par la foudre et avoir la sensation, après coup, d'être un autre homme." L'événement avait eu lieu plusieurs années auparavant, a-t-il expliqué, à un moment où il était entre ses deux mariages et où il buvait beaucoup trop. Il vivait alors dans son campement de chasse du mont Baxter parce que sa première femme avait obtenu la maison lors du divorce. Il se soûlait tous les soirs au *Spread Eagle* ou à l'*Elm Tree* ou à l'auberge *Dew Drop*, et ensuite, quand il remontait au mont Baxter, il garait sa camionnette au bord de la route parce que le sentier était trop difficile même pour un quatre-quatre. Il franchissait donc à pied les trois kilomètres de forêt qui le séparaient de son campement. Là, il avait une cabane d'une seule pièce, battue par les vents, avec une mezzanine où il dormait et un poêle à bois. Une nuit, alors qu'il rentrait en titubant du village, sa cabane avait été dévastée par un ours. "Un jeune mâle, je suppose, parce qu'on était au printemps. Il venait sans doute d'être chassé de son chez lui, de sa maison. Un peu comme moi. Du coup, il m'inspirait une certaine sympathie. Mais comme il avait saccagé ma cabane en cherchant à manger et qu'il avait cassé une fenêtre pour sortir, je savais qu'il reviendrait. Il fallait donc que je l'abatte."

Le lendemain soir, Noonan éteignit sa lampe au kérosène et monta dans sa mezzanine avec une bouteille de whisky Jim Beam, sa carabine Winchester 30.06, sa torche électrique, et il attendit. Autour de minuit, comme s'il balayait une toile d'araignée, l'ours arracha la feuille de polyuréthane que Noonan avait punaisée par-dessus la fenêtre cassée, puis il se glissa dans la cabane et se dirigea vers le placard qu'il avait vidé la veille. Noonan, déjà à moitié soûl, alluma sa torche et prit dans son faisceau l'ours stupide de saisissement. Il tira, mais il ne réussit qu'à blesser l'animal. Rendu fou de douleur, l'ours rugit et se dressa sur ses pattes arrière, lançant dans l'air, à droite et à gauche, ses pattes avant. Avant que Noonan ait pu tirer de nouveau, l'animal avait accroché la poutre qui tenait la mezzanine et l'avait arrachée, emportant avec elle plusieurs autres étais, tant et si bien que ce fut toute la cabane qui s'effondra autour de Noonan et de l'ours blessé. C'était une construction très faible de toute façon, constituée de planches au rebut clouées précipitamment les unes aux autres vingt ans plus tôt, jamais rebâtie, jamais rénovée, et ce fut sans difficulté qu'elle tomba sur la tête de Noonan. L'ours s'enfuit dans la nuit, mais Noonan resta prisonnier sous le toit écroulé de sa cabane, incapable de s'en extraire, car il avait, pensait-il, le bras droit cassé ainsi que peut-être plusieurs côtes. "C'est alors que ça s'est passé, a-t-il déclaré.

— Quoi ?" Stacy a plongé, deux par deux, une douzaine de chopes à bière dans l'eau froide, puis elle les a retirées et les a mises dans le freezer, les laissant givrer pour plus tard.

"Comme t'as dit. Ça a changé ma vie, Stace.

— Sans blague. Comment ça ?" Elle remplissait à présent les salières du comptoir.

"Eh bien, entre autres, j'ai arrêté de boire. Mais bon, quelques années plus tard. Je suis resté allongé comme ça toute la nuit et presque toute la journée du lendemain. Jusqu'à ce que passe par là une superbe jeune femme qui cherchait son chien perdu. Eh bien, Stace, a-t-il déclaré d'une voix soudain grave, je l'ai épousée."

Elle a mis ses poings sur les hanches et l'a regardé avec attention. "C'est sérieux ?"

Il a souri. "Eh bien, ouais, en quelque sorte. En fait, je la connaissais depuis déjà longtemps, et, disons, elle m'avait déjà rendu quelques petites visites au camp. Mais, ouais, je l'ai épousée… au bout du compte. Et on a été très heureux. Pendant quelque temps.

— Bien sûr. Pendant quelque temps."

Noonan a hoché la tête, souri, cligné de l'œil. Puis, donnant un petit coup de hanche contre la hanche de Stacy, il a dit : "Il faut que je prépare la cuisine. On peut reprendre ça plus tard, Stace. Si ça te dit."

Elle n'a pas répondu. Elle a commencé à balancer des bouteilles de bière dans l'obscurité de l'armoire réfrigérée, et quand elle a relevé les yeux, Noonan n'était plus là. Deux ouvriers d'un chantier de voirie entraient : le teint hâlé, ils avaient chaud et soif.

La journée avait été dégagée, avec quelques fines traînées de nuages à l'est, ce qui promettait un agréable coucher de soleil de fin d'été pour les clients qui dîneraient au restaurant familial *Noonan*. Il y a eu plus de monde que d'habitude ce soir-là, même pour une Soirée Homard. Déprimée par une dispute d'argent qu'elle venait d'avoir avec sa fille enceinte, Gail a vite pris du retard dans ses commandes, et après avoir essuyé les cris de colère de ses clients affamés en salle puis ceux de Noonan en cuisine où sept ou huit homards rouge vif, sur leurs plats, attendaient d'être servis, elle s'est effondrée et elle a couru se réfugier en sanglotant dans les toilettes pour femmes. Elle a fini par en sortir, mais uniquement lorsque Stacy est venue la chercher et a promis de l'aider en salle où quinze gamins de trois familles de Canadiens français – sans lien de parenté entre elles – tapaient en rythme avec leurs couverts contre leurs verres. Ensuite, dans la cuisine, en plein milieu du service du dîner, Donny LaPierre a jeté son torchon à vaisselle et dit à Noonan que son boulot, il pouvait se le mettre au cul, qu'il n'avait pas passé son diplôme de fin d'études secondaires pour se faire traiter comme un abruti payé au SMIC. Son jeune frère Timmy, qui comptait obtenir le même diplôme l'année suivante, a fait un *high five** à Donny en lui disant : "Ouah ! T'es vraiment cool, D. L. !" Là-dessus, ils sont tous les deux partis du même pas.

Noonan s'est rué à la porte et a beuglé : "Ne croyez *surtout pas* que je vais vous payer cette semaine !" Les deux garçons lui ont montré le doigt depuis le parking, et, en riant, ils ont commencé à faire du stop pour rentrer à Lake Placid.

A la fin, à elles deux, Gail et Stacy ont réussi à servir tout le monde de façon satisfaisante.

---

* Salut où on lève la main et la fait claquer contre celle de l'autre. *(N.d.T.)*

Les clients et leurs enfants se sont calmés et l'ordre est revenu même dans la cuisine où Noonan, presque reconnaissant d'avoir l'occasion de le faire proprement, a assumé le travail de plonge. Au bar, quatre habitués solitaires s'ennuyaient ; ils buvaient en fumant et regardaient à la télé l'équipe de base-ball de Montréal perdre contre les Mets de New York. Stacy leur a offert une tournée pour leur patience et ils ont tous les quatre souri en la remerciant avant de se remettre à regarder le match.

Dans l'aquarium, le dernier homard se cognait paresseusement à la cloison de verre. Stacy a essuyé le comptoir, puis elle s'est lentement immobilisée devant l'aquarium. Se penchant, elle a plongé son regard dans ce qu'elle pensait être un des yeux du homard – plutôt un bouton verdâtre qu'un globe oculaire, un appendice anatomiquement absurde pour Stacy. Elle a essayé d'imaginer à quoi ressemblait l'univers du restaurant familial *Noonan* quand on le voyait à travers ce bouton, puis à travers les cent vingt litres d'eau trouble tout autour, et enfin à travers la lentille formée par les parois maculées d'algues. Ça doit ressembler à une planète dans le cosmos, a-t-elle pensé. Ou paraître si étranger que c'est incompréhensible, comme un de ces vieux films chinois où on ne saisit même pas l'histoire, où on ne sait pas qui est le bon et qui est le méchant. Ou même, au lieu de ressembler à un endroit réel, cet endroit peut n'apparaître que comme une idée, pour un homard. Ce qui a effrayé Stacy.

Il doit y avoir une sorte d'échange entre les sens, s'est-elle dit, comme chez les sourds et les aveugles. Si un sens est faible, un autre doit être fort, et inversement. Les homards, raisonnait-elle, ne voient sans doute pas très bien, parce qu'ils vivent dans l'obscurité du fond de la mer. Pour distinguer entre les êtres mangeables et ceux qui sont des amis, ou entre les amis et les ennemis, il leur faut une ouïe et un odorat très développés. Elle a mis son visage tout près du verre, le touchant presque du bout du nez. Le homard se balançait et s'agitait juste derrière, comme s'il s'évertuait, à l'aide de ses faibles yeux et de ses organes auditifs et olfactifs, à déterminer si Stacy était un être qui pouvait le manger, ou qu'il pouvait manger, ou avec lequel il pouvait se reproduire. La vie d'une créature dépend en très grande partie, pensa Stacy, de sa capacité à identifier avec exactitude les autres créatures. A l'intérieur de l'aquarium, mais aussi à l'extérieur. Et cette pauvre bête, avec juste ses yeux ridicules pour se guider, était paumée ; entièrement, affreusement paumée. Stacy a tendu la main vers le homard, comme pour lui donner une tape affectueuse, pour le rassurer et lui montrer qu'elle n'allait pas le manger, qu'elle ne pouvait pas se reproduire avec lui et ne pouvait pas non plus lui servir de repas décent.

La grande main de Noonan s'est abattue sans prévenir comme à travers une eau sombre, et elle est venue se poser sur celle de Stacy qui a tressailli et qui, en se retournant, a trouvé la figure de Noonan à quelques centimètres de la sienne, ses grands yeux marron injectés de sang, sa peau couleur de pêche avec de gros pores et les poils de barbe noirs qui en surgissaient comme du chaume coupé, les douces cavernes de ses narines, ses lèvres rouges, ses dents jaunies par le tabac, sa langue mouillée. Elle a retiré sa main avec force et elle a reculé, mettant Noonan à une distance plus appropriée et plus sûre. Entre eux, le bar formait une clôture qui maintenait Noonan à l'extérieur ou qui la maintenait, elle, à l'intérieur – difficile à dire, mais ça n'avait pas d'importance du moment qu'ils étaient chacun d'un côté.

"Tu m'as fait peur !" a-t-elle dit.

Il s'est penché par-dessus le comptoir et lui a adressé un sourire indulgent. Derrière elle, les hommes buvaient de la bière et regardaient le base-ball. Elle a entendu la foule dans le stade qui pépiait d'excitation en attendant le geste du lanceur. De la salle à manger lui parvenait le bourdonnement des familles en train de se servir et leurs commentaires à voix basse sur la qualité et la taille des portions ; elles n'élevaient pas davantage le ton pour ce qui leur plaisait que pour ce qui les décevait, comme s'il s'agissait dans les deux cas de commérages. Et il y avait aussi le cliquetis de leurs couverts, les bruits de gorge et de mastication, le rire soudain d'un vieillard, le bruit sec des pinces et des pattes de homard qu'on brise.

"Stace, dès que tu auras un moment, viens à la cuisine. Je veux te dire quelque chose." Il s'est retourné, et brusquement il est parti à grands pas vers la salle à manger où il a parlé un instant avec Gail, lui proposant gentiment de rentrer un peu plus tôt chez elle – du moins c'est ce que Stacy a cru comprendre, et elle s'est dit qu'il se débarrassait de témoins. En revenant, il a ramassé tout un tas d'assiettes sales que Timmy LaPierre avait laissées. Au moment où il disparaissait dans la cuisine, il a lancé un coup d'œil à Stacy, et bien qu'un étranger eût pensé que son expression ne trahissait rien, elle l'a vu pratiquement parler avec son visage, elle l'a vu utiliser les traits de sa figure pour dire d'une voix basse et froide : "Stace, dès que nous serons tout seuls ici ce soir, je te culbute."

Elle a alors décidé d'en avoir le cœur net, d'aller tout de suite à la cuisine, avant le départ de Gail, tant qu'il y avait encore du monde dans la salle à manger et les quatre hommes au bar, et si Noonan disait ce à quoi elle s'attendait, et s'il faisait ce à quoi elle s'attendait, alors elle prendrait la porte exactement comme les deux garçons, les LaPierre, et elle s'en irait dans sa voiture, les portières verrouillées et les vitres montées, en faisant patiner les roues, gicler du gravier et couiner les pneus en quittant le parking et en fonçant sur la route de Lake Placid.

Mais pour qui est-ce qu'il se prenait, à lui faire des propositions comme ça, lui, un homme marié et qui avait pratiquement la cinquantaine ? C'est vrai, elle avait été attirée par lui dès la première fois qu'elle l'avait vu, au moment de son entretien pour le poste. Il l'avait fait tourner et tourner alors qu'il restait assis là, sur un tabouret de bar et la regardait avec un véritable intérêt et presque avec innocence, comme si Stacy était un bouquet de fleurs des champs qu'il avait commandé pour sa femme. "Tournez-vous, Stace. Laissez-moi voir l'autre côté." Le fait est qu'elle avait apprécié sa brusquerie, sa façon impersonnelle et dénuée de peur de lui annoncer exactement ce qu'il attendait d'elle, de lui demander de porter un T-shirt blanc moulant et un jean ou un short noirs au travail, d'être agréable avec les clients, surtout les hommes, parce qu'il voulait des gens qui reviennent et pas des histoires d'un soir. Les hommes reviendront, et ils continueront à rester tard s'ils ont l'impression que la jolie fille derrière le bar les aime personnellement. Elle avait souri comme si elle entrait dans une conspiration, lorsqu'il le lui avait dit, et elle avait répondu : "Pas de problème, monsieur Noonan.

— Hé, vous pouvez m'appeler Charlie, ou Noonan. Mais ne m'appelez pas chez moi et ne me dites jamais «monsieur». Vous êtes engagée, Stace. Allez changer de robe et soyez de retour à six heures."

Tout cela, c'était avant qu'elle lui ait dit qu'elle avait été frappée par la foudre. Jusque-là, elle avait cru qu'elle pouvait flirter sans danger avec lui. Il était marié, après tout ; et il était si différent des *losers* avec lesquels elle avait généralement des liaisons, qu'elle avait décidé qu'être attirée par Noonan ne présentait pas de risque, que c'était intéressant. De toute façon, ça ne pouvait rien donner. Et n'était-ce pas intelligent, finalement, pour une jeune femme de quêter l'approbation et l'attention d'un homme plus âgé qui avait réussi ? N'était-ce pas la façon d'apprendre ce qu'est la vie et qui on est ?

Mais pour une raison ou une autre, cet après-midi-là, tout avait changé. Stacy n'aurait pas su dire en quoi ni pourquoi, mais tout était différent, à présent, surtout entre elle et Noonan. Ce n'était pas à cause de ce qu'il avait fait ou pas fait, ni même à cause de ce qu'il avait dit. C'était à cause de ce qu'*elle* avait dit.

Une femme qui a été frappée par la foudre n'est pas comme les autres femmes. La plupart du temps, Stacy pouvait l'oublier, elle pouvait même oublier ce qu'elle avait éprouvé au cours de cette horrible nuit où, alors qu'elle n'avait que dix-sept ans, elle avait cru qu'on lui avait tiré dans la tête. Mais il lui suffisait d'en parler, de rétablir les faits, pour que l'événement lui revienne avec toute sa force : sa stupéfaction, la douleur physique et mentale et la peur persistante, encore vivace aujourd'hui, que ça lui arrive de nouveau. Les seules personnes capables d'affirmer que la foudre ne tombe jamais deux fois au même endroit sont celles qui n'ont pas été frappées une seule fois. C'était pour cela qu'elle avait tant de réticences à en parler.

Mais Noonan l'avait si bien charmée qu'elle avait parlé, et voilà que d'un seul coup tout était revenu, comme si une cloison de verre avait surgi entre elle et les autres, et surtout entre elle et Noonan. Cet homme n'avait aucune idée de qui elle était. Mais il n'en était pas responsable. C'était sa faute à elle. Elle l'avait fourvoyé. Elle s'était fourvoyée. Elle a vérifié l'état des verres des clients du bar. Puis, pour montrer à Gail où elle allait, elle lui a fait un geste depuis l'autre côté de la salle à manger et elle s'est rendue à l'arrière, dans la cuisine.

Quand elle est entrée, Noonan était appuyé contre le bord de l'évier. Ses grands bras nus étaient repliés sur sa poitrine et il avait la tête baissée : un homme livré à une méditation qui le ramène à la raison.

"Qu'est-ce que tu voulais me dire ?" lui a demandé Stacy. Elle restait près de la porte qu'elle maintenait ouverte avec son pied.

Il a secoué la tête comme s'il sortait d'un somme. "Quoi ? Oh, Stace ! Désolé, je réfléchissais. En fait, Stace, je pensais à toi.

— A moi ?

— Ouais. Ferme la porte. Entre." Il a jeté un coup d'œil derrière elle dans la salle à manger. "Gail se débrouille bien ? Elle ne pleure plus, ça va maintenant ?

— Oui." Stacy a laissé la porte se refermer derrière elle. La hotte aspirante bourdonnait au-dessus de la cuisinière et on entendait le lent clapotis du lave-vaisselle, le cliquetis des verres et des couverts à l'intérieur, les assiettes secouées. Sur une étagère près de la porte du fond, un petit appareil radio jouait doucement du *country and western* – une musique de fond agréablement mélancolique. Il y avait, dans cette cuisine, un ordre et un calme apaisants, une note à peine esquissée de vie familiale qui étonnait d'autant plus Stacy que cette pièce lui était aussi familière que la cuisine de son petit chalet loué. Elle s'est sentie coupable d'avoir eu de tels soupçons à l'encontre de Noonan, de l'avoir jugé et condamné si vite. C'était un homme ordinaire, rien de plus, un homme fondamentalement inoffensif et bien intentionné. Elle n'avait aucune raison de le craindre. Elle aimait sa beauté de grand garçon, pas vrai ? Elle appréciait sa voix de baryton un peu rauque et cet accent du Nord dont il n'avait pas honte. Ses brusques épanchements la flattaient et lui plaisaient. "Qu'est-ce que tu voulais me dire, Noonan ?" a-t-elle répété, avec douceur, cette fois, d'un air engageant.

Il s'est penché en avant, les yeux pétillants, une espièglerie en tête, et il a regardé à droite et à gauche comme s'il prenait garde de ne pas être entendu. "Est-ce que ça te dirait qu'on fasse cuire ce dernier homard et qu'on se le mange à deux, toi et moi ?" Il lui a balancé un grand sourire et il s'est frotté les mains. "Ne dis rien à Gail. Je vais faire bouillir puis refroidir la bête, je sortirai la chair et je mettrai un peu de jus de citron vert par-dessus. On la mangera plus tard, après la fermeture, rien que tous les deux. On pourrait ouvrir une bouteille de vin. Ça te dirait ?" Il s'est approché d'elle, lui a passé le bras autour des épaules et l'a dirigée vers la porte. "Tu sors la bestiole du bac, et je vais faire bouillir la marmite avec un feu d'enfer, comme on dit.

— Non." En se secouant, elle s'est dégagée du bras de Noonan.

"Hein ? Qu'est-ce que tu veux dire par «non» ?

— Exactement ça. Non. Je veux pas de petit tête-à-tête tranquille avec toi ici après la fermeture. Je veux pas avoir une histoire avec toi, Noonan ! Tu es marié, et ça ne me plaît pas que tu fasses comme si ça n'avait pas d'importance pour toi. Ou pire, pour moi ! Tu te conduis comme si le fait que tu sois marié n'avait pas d'importance pour *moi* !"

Noonan s'est troublé. "C'est quoi, ces conneries ? Qui a parlé d'une histoire ? C'est incroyable !"

Elle a poussé un lourd soupir. "Je suis désolée, a-t-elle dit. Tu as raison. Je ne sais pas ce que tu cherches, Noonan. C'est vrai. Je ne sais pas pourquoi j'ai dit tout ça. Je… Je dois avoir peur.

— Toi ? Peur ? Eh bien !"

Elle était jeune, belle, en pleine santé. C'était une athlète, une femme qui pouvait choisir des hommes bien plus jeunes, plus disponibles, plus beaux et plus riches que lui. De quoi pouvait-elle avoir peur ? Pas de lui, c'était certain. "Putain, t'es vraiment une nana tordue, on peut le dire." Il a secoué la tête, frustré, dégoûté. "Ecoute, j'en ai rien à foutre, si tu veux pas de… d'un, comment dis-tu ça ? D'un tête-à-tête avec moi. A ta guise. Mais je vais me bouffer du homard quand même. Seul !" a-t-il déclaré avant de foncer par la porte dans la salle à manger.

D'un pas lent, Stacy a traversé la cuisine pour aller jusqu'à la porte de derrière, utilisée en dernier par les frères LaPierre lorsqu'ils avaient gagné le parking et la route. C'était une porte avec un écran grillagé contre lequel venaient buter quelques-uns des papillons de nuit et des moustiques qui tourbillonnaient autour de la lampe jaune fixée au mur extérieur. De ce côté-ci du restaurant, il faisait déjà noir. A l'arrière, là où la maison était tournée vers l'ouest et les montagnes, le ciel était orange pâle. De longs nuages argentés, teintés de pourpre, flottaient en hauteur, et plus bas, près de l'horizon, il y avait des bandes nuageuses rouges. Stacy s'est dit qu'elle ferait mieux de revenir au bar. Il restait quelques clients de salle à manger, et elle savait qu'ils auraient envie de passer sur la terrasse après le repas pour prendre un verre en regardant le coucher de soleil.

Avant qu'elle ait pu sortir par cette porte, Noonan est rentré précipitamment dans la cuisine, le visage assombri par une colère confuse. Il tenait le dernier homard d'une main d'où dégoulinait de l'eau. Le crustacé agitait vainement ses pinces, et sa queue épaisse, cuirassée, s'enroulait et se détendait brusquement dans un effort désespéré et inefficace pour éloigner Noonan. "Tiens, à toi l'honneur !" a dit Noonan à Stacy en lui mettant le homard sous le nez. De sa main libre, il a tourné au maximum le brûleur à gaz sous la marmite qui bouillait doucement. "T'as déjà fait bouillir un homard vivant, Stacy ? C'est super excitant, tu vas voir." Il a lorgné vers elle, mais avec un regard mauvais. "Tu vas adorer ça, Stacy, surtout quand tu verras comme il devient rouge vif dès qu'on le laisse tomber dans l'eau bouillante. Il va pas s'enfoncer tout de suite, bien sûr, parce qu'il est encore vivant et qu'il va se débattre pour sortir de la marmite. Exactement comme tu le ferais à sa place. Mais c'est en essayant de sortir de l'eau bouillante qu'il va devenir rouge, et puis il ralentira ses efforts, tu vas le voir abandonner, et alors il sera mort, cuit, et prêt à manger. Miam-miam !"

Il a poussé le homard vers elle, et la bête a remué ses pinces devant le visage de Stacy, comme si c'était elle, avec sa main, qui lui serrait le dos et pas Noonan. Elle n'a ni sursauté ni reculé. Sans bouger, elle a scruté ce qu'elle croyait être le visage de l'animal, y cherchant une expression, le signe d'un sentiment ou d'une pensée susceptible de guider ses propres sentiments et ses propres pensées. Mais elle n'en a pas décelé, et quand elle a pris conscience qu'il ne pouvait pas y en avoir, elle en a éprouvé un certain contentement et elle a souri.

"Ça te branche, hein ? a dit Noonan. Je vois, ça t'excite, pas vrai ?" Il a souri à son tour, pardonnant presque à Stacy de l'avoir jugé aussi mal, et il a maintenu le homard au-dessus de la marmite bouillante. La vapeur s'enroulait autour du corps de la créature qui se tordait dans tous les sens, et Stacy était clouée sur place, les yeux rivés au spectacle, lorsqu'elle a entendu des voix s'élever dans la salle à manger, de bruyantes exclamations, les cris des clients qui s'appelaient les uns les autres : Venez voir, vite, venez voir l'ours !

Stacy et Noonan se sont regardés, elle d'un air intrigué, lui avec une colère résignée. "Merde ! a-t-il lancé. Ça doit être la pire soirée de toute ma putain de vie !" Il a laissé tomber le homard dans l'évier vide, et il a disparu dans l'office pour en ressurgir quelques instants plus tard, une carabine calée dans le creux de son bras. "Ce salopard, c'est la dernière fois qu'il me fout en l'air mes poubelles !" a-t-il déclaré en fonçant vers la salle à manger, Stacy dans son sillage.

Elle n'avait jamais vu un ours noir de près, bien que dans ces parages il ne soit pas rare d'en rencontrer, surtout en plein été, lorsque les torrents des montagnes se tarissent et que la sécheresse envoie ces bêtes, d'habitude timides, vers les vallées et les pentes plus basses, là où il y a de la vie humaine. Un jour, alors qu'elle rentrait en voiture à l'université après les vacances d'été, elle avait cru apercevoir un grand ours traversant la route à une centaine de mètres devant elle. Dans un premier temps, elle s'était dit que ça ne pouvait pas être un ours, qu'il devait s'agir d'un énorme chien – peut-être un terre-neuve – qui se déplaçait lentement, jusqu'à ce que la bête entende sa voiture et se mette à courir en se penchant à fond vers l'avant et disparaisse dans les broussailles au moment même où Stacy la dépassait. Elle n'était pas certaine de ne pas avoir rêvé. Elle avait arrêté sa voiture et fait marche arrière jusqu'à l'endroit où l'animal était entré dans les broussailles, mais elle n'avait trouvé aucun signe de son passage, pas même des herbes écrasées ou des feuilles arrachées.

Cette fois, cependant, elle avait l'intention de voir l'ours de près, si possible, et de bien s'assurer qu'elle ne rêvait pas. Lorsqu'elle est entrée dans la salle à manger, tout le monde, y compris Gail et les habitués du bar, était debout aux fenêtres à regarder la cour de derrière, là où le terrain partait en pente. Et ils étaient tous à montrer du doigt, à pousser de petits cris admiratifs, sauf les enfants qui, eux, étaient rendus muets par le spectacle, frappés de stupeur respectueuse pour l'ours plus que de peur proprement dite. Les adultes, en revanche, se réjouissaient surtout de leur chance, car ils allaient maintenant avoir quelque chose d'original à raconter à leurs amis et à leur famille quand ils seraient de retour chez eux. Cette soirée deviendrait celle où ils avaient vu l'ours au restaurant *Noonan*.

Puis Stacy a remarqué que Noonan et plusieurs clients, tous des hommes, étaient dehors sur la terrasse. Eux aussi regardaient dans la cour au-dessous de la salle à manger, en direction de la porte du sous-sol où Noonan entassait ses conteneurs à ordures dans une sorte de cage de bois à claire-voie fermée à clé. Les hommes étaient sombres et concentrés, tendus, frissonnant presque, comme des chiens de chasse tombés en arrêt.

Stacy s'est glissée jusqu'à la fenêtre. Derrière les lointaines montagnes, le soleil se couchait glorieusement. Les derniers rayons dorés rejaillissaient sur la cour à l'herbe bien rase derrière le restaurant et illuminaient comme un projecteur le corps épais de l'ours et sa fourrure noire. C'était un mâle adulte de grande taille, qui devait mesurer deux mètres quand il se dressait sur ses pattes arrière et qui démolissait calmement, méthodiquement, les flancs et le haut de la cage à claire-voie, expédiant dans les airs les planches arrachées comme s'il s'agissait de petit bois. Il travaillait avec efficacité, mais à son propre rythme placide, comme s'il était absolument seul, sans ce public d'hommes, de femmes et d'enfants qui l'observaient du haut des fenêtres de la salle à manger, sans cette petite troupe d'hommes sur la terrasse qui le regardaient avec des yeux de chasseurs rassemblés sur un rocher au-dessus du point d'eau où vont s'abreuver les animaux, comme si Noonan n'était pas en train d'épauler sa carabine, de viser, et de faire feu.

Il a tiré une première fois et il a complètement raté l'ours. Il a tiré une deuxième fois.

L'ours a été touché dans le haut du dos, et une touffe de poils noirs s'est envolée de sa poitrine à l'endroit où la balle est ressortie. Les spectateurs de la salle à manger ont laissé échapper des exclamations étonnées et ils ont crié : "Il lui tire dessus ! Mais oui, il lui tire dessus !" Une femme a hurlé d'une voix aiguë : "Dites-lui de s'arrêter !" Des enfants se sont mis à pleurer. Un homme a beuglé : "Il est fou, ou quoi ?" Gail a jeté un regard implorant à Stacy qui s'est contentée de secouer lentement la tête, car elle ne pouvait plus rien faire pour arrêter Noonan. Personne ne le pouvait. Il y avait des gens qui criaient et qui pleuraient, parfois qui sanglotaient, et des enfants pleurnichaient. Noonan a tiré une troisième fois. Il a atteint l'ours à l'épaule et l'animal a pivoté sur lui-même, toujours debout, cherchant l'origine de cette affreuse douleur, ne comprenant pas qu'il devait regarder vers le haut, que l'homme à la carabine, à tout juste cinquante mètres de lui, était placé hors de sa vue, en hauteur et, comme il était en rage, comme il refusait d'être impersonnel dans cette sinistre affaire, cet homme n'arrivait pas à le tuer. Il a donc blessé encore et toujours la pauvre bête, à la poitrine, à la patte, et il lui a transpercé le museau, jusqu'à ce que l'ours finisse par retomber sur ses quatre pattes et, ne sachant dans quelle direction fuir, se détourne du restaurant et dévale tant bien que mal la pente pour aller vers les bois. Mais une balle l'a atteint en plein dos, et il a fait demi-tour pour repartir d'un pas lourd et maladroit, perdant son sang et souffrant beaucoup, tout droit vers le restaurant. Noonan a alors tiré un dernier coup, le touchant cette fois au milieu du front. L'ours a roulé vers l'avant comme s'il avait trébuché, et il est mort.

Sans dire un mot, la carabine à la main, Noonan est passé en martelant le sol d'un pas furieux devant les gens qui s'en allaient, et il gardait les yeux obstinément fixés sur quelque chose d'intérieur, sur une cible qui dessinait dans sa tête la silhouette d'un ours. Nul ne lui a parlé, quand il est passé, nul n'a tenté d'attirer son regard. Nul n'a même tourné les yeux vers son dos quand il est entré à grands pas dans la cuisine et que la porte battante s'est refermée sur lui. Les hommes qui avaient pris place à côté de lui sur la terrasse avaient honte d'eux-mêmes à présent. Minimisant la chose autant que possible, ils ont rejoint leurs femmes et leurs amis qui faisaient tous la queue à la caisse, ou payaient directement Gail, ou laissaient de l'argent liquide sur leur table, ou allaient payer Stacy au bar et partaient vite vers le parking et leur voiture. Il y a eu quelques exceptions, le silence abasourdi de garçons adolescents trop choqués ou trop fiers pour pleurer, mais la plupart des gosses étaient en larmes et certains d'entre eux gémissaient tandis que leurs parents essayaient en vain de les réconforter en leur affirmant que les ours ne ressentent pas la douleur de la même façon que les êtres humains, et que celui qui avait abattu l'ours était obligé de le faire parce que l'ours causait des dégâts à sa propriété, mais ne vous inquiétez pas, nous ne reviendrons jamais dans ce restaurant quoi qu'il arrive.

Une fois tout le monde parti, Gail est allée à pas lents de la salle à manger au bar. Là, elle a dénoué son tablier, l'a plié soigneusement et l'a posé sur un tabouret. "C'est terminé pour moi", a-t-elle dit à Stacy. Les mains tremblantes, elle a tapoté son paquet de cigarettes et elle en a fait sortir une qu'elle a allumée avant d'aspirer profondément la fumée. "Dis-lui qu'il n'a qu'à m'envoyer ma paie par la poste. Le salopard." Elle a pris la direction de la porte, puis elle s'est brusquement arrêtée. Sans se retourner, elle a dit : "Stacy ? Mais bon sang, pourquoi tu restes ?

— Je reste pas."

D'une voix si basse qu'on aurait cru qu'elle parlait toute seule, Gail a dit : "Si, ma belle, tu restes." Là-dessus elle est partie.

Stacy a éteint une par une les lampes du bar et de la salle à manger. Elle a débranché le panneau au bord de la route et elle a verrouillé l'entrée de devant. Lorsqu'elle a poussé la porte de la cuisine, Noonan, debout à l'autre bout du long plan de travail en inox, a levé la tête et lui a jeté un regard mauvais. Il avait fait cuire le homard et il était en train de le manger, là, sur le comptoir, et avec ses mains. Des bouts de carapace et des restes du corps du crustacé déchiqueté étaient épars devant lui. Il a enfoncé un doigt dans la queue épaisse, musculeuse, et il en a fait surgir à l'autre extrémité un morceau de chair blanche qu'il a attrapé et lancé dans sa bouche.

"Ça m'a pris huit putains de coups ! a-t-il dit en mâchant. Voilà ce que je gagne à garder cette connerie de 22 long rifle ici au lieu d'avoir un vrai fusil !" Il a fait un geste méprisant du dos de la main en direction de la carabine posée debout contre le plan de travail, et, de son autre main, il s'est fourré encore un peu plus de chair de homard dans la bouche. Il avait la figure rouge et la respiration rapide, lourde. "Si j'ai raté le premier coup, c'est parce que j'étais tellement en rage que j'ai pas pu me concentrer. Mais si j'avais eu un vrai fusil, le deuxième aurait conclu l'affaire. Merde, demain je ramène mon 30.06 !"

Stacy a pris la 22 et l'a examinée. Elle l'a placée en position de tir contre son épaule droite et elle a visé, pointant le bout du canon vers la porte avec son écran et l'essaim de papillons qui voletaient autour de la lampe extérieure.

"Elle est toujours chargée ? a-t-elle demandé.

— Il reste quatre balles, alors déconne pas avec ça." Il a arraché d'un coup sec les pattes toutes minces du ventre du homard, puis, après les avoir sucées, il a laissé tomber les tubes vides les uns après les autres sur le plan de travail devant lui.

Lentement, Stacy a ramené la carabine vers l'intérieur et elle a visé le crâne de Noonan. "Noonan, a-t-elle dit, et il s'est retourné.

— Ouais, c'est ça."

Elle a fermé les yeux, elle a appuyé sur la détente, et elle a entendu la détonation. Quand elle a rouvert les yeux, elle a vu, au milieu du large front blanc de Noonan, un trou noir de la taille d'une pièce de dix cents qui a instantanément doublé de diamètre, et le grand corps de Noonan a tressailli une seule fois comme s'il avait été électrocuté. Il a pivoté, et son visage étonné a totalement disparu du champ de vision de Stacy. Ce qu'elle a vu, à la place, c'était l'arrière de sa tête avec un trou aussi gros qu'un dollar en argent. Le corps de Noonan, tel un grand sac de caoutchouc rempli d'eau, est tombé au sol avec une rotation qui l'éloignait de Stacy, et il a atterri à plat dos, ses yeux grands ouverts fixés sur le rail à casseroles au-dessus du plan de travail. Du sang se déversait par à-coups du trou à l'arrière de son crâne pour se répandre sur le lino vert et former une flaque rouge foncé qui

204

s'épaississait et progressait lentement vers les pieds de Stacy.

Elle a posé la carabine sur le comptoir à côté des restes brisés du homard, et elle s'est approchée de la cuisinière où la marmite continuait à bouillir. Elle a éteint le brûleur. Lentement, comme si elle n'était plus sûre de savoir où elle se trouvait, elle a regardé tout autour de la pièce puis, parvenant apparemment à une décision, elle s'est hissée sur un tabouret à côté du placard réfrigéré. Elle a laissé reposer l'arrière de sa tête contre la porte froide, en inox, et elle a fermé les yeux. Jamais, tout au long de sa vie, jamais Stacy n'avait connu le soulagement qui était le sien en cet instant. Et jamais, depuis le moment précédant celui où elle avait été frappée par la foudre, elle n'avait ressenti une telle liberté.

Un pick-up Ford brinquebalant s'est arrêté à côté du panneau éteint, et les frères LaPierre – Donny et Timmy – ont sauté du plateau du véhicule sur le bas-côté de la route. "Bonne chance avec l'ami Noonan, bande de petits branleurs !" a lancé le conducteur en même temps qu'il se mettait à glousser avec un autre passager, un homme assis à côté de lui dans la cabine. C'étaient deux charpentiers expansifs et portés sur la bière, des cousins des LaPierre qui rentraient chez eux retrouver leurs femmes et leurs gosses après s'être attardés dans les bars de Lake Placid. Ils ont lancé un geste amusé aux deux garçons et sont repartis.

Donny et Timmy ont fait crisser le gravier en traversant le parking. La lampe de la cuisine et celle du dehors étaient encore allumées, et les garçons n'avaient pas dépassé le milieu du parking lorsqu'ils ont aperçu, à travers l'écran grillagé de la porte, Stacy assise sur le tabouret devant le placard réfrigéré. On aurait dit qu'elle dormait, à moins qu'elle n'eût été en train de s'ennuyer à mort en écoutant un des stupides récits de chasse de Noonan.

"Tu crois qu'il baise Stacy ? a demandé Timmy.

— Réveille-toi. Stacy est toute jeune, et lui, c'est une antiquité, a répondu Donny. Mais c'est une bonne chose qu'elle soit là. Elle nous aime bien, et il va nous reprendre rien que pour faire le beau.

— Moi, ça me déplairait pas.

— Quoi ?

— De m'envoyer Stacy, mon pote !"

Donny a lancé un petit coup de poing sur l'épaule de son jeune frère. "Ouais, eh bien, p'tit mec, tu vas être obligé d'attendre ton tour !" Il a ri. Il a écarté de la main le nuage d'insectes qui tournoyait, et il a ouvert la porte grillagée. Timmy est passé le premier, suivi de Donny qui cachait derrière sa main un sourire en train de disparaître.

TABLE

BABEL

Extrait du catalogue

COÉDITION ACTES SUD – LEMÉAC

Ouvrage réalisé
par l'Atelier graphique Actes Sud.
Achevé d'imprimer
en mai 2002
par l'imprimerie Hérissey
à Evreux
sur papier des
Papeteries de la Gorge de Domène
pour le compte
d'ACTES SUD
Le Méjan
Place Nina-Berberova
13200 Arles.

N° d'éditeur : 4621
Dépôt légal
1re édition : juin 2002
N° impr. : 92378